게임 씹어먹는 엑스트라 2

월문선 퓨전 판타지 소설

초판 1쇄 찍은 날 § 2020년 7월 23일
초판 1쇄 펴낸 날 § 2020년 7월 30일

지은이 § 월문선
펴낸이 § 서경석

총괄팀장 § 노종아
편집책임 § 최이슬
디자인 공간42

펴낸곳 § 도서출판 청어람
등록번호 § 제387-1999-000006호
등록일자 § 1999. 5. 31
어람번호 § 제1-3071호

주소 § 경기도 부천시 부일로 483번길 40 서경B/D 3F (우) 14640
전화 § 032-656-4452 팩스 § 032-656-4453
http://www.chungeoram.com
E—mail § chungeorambook@daum.net

ISBN 979-11-04-92224-4 04810
ISBN 979-11-04-92218-3 (세트)

게임 씹어먹는 엑스트라

월문선 퓨전 판타지 소설

FUSION FANTASTIC STORY

2

목차

Chapter

1

"뭐? 이 버러지 같은 놈이 아직 정신을 못 차렸나 보구나!"

나이젤의 도발에 해럴드는 다시금 보이지 않는 공격을 해 왔다.

깡! 까강!

하지만 이번에는 까망이가 공격을 막아 냈다.

비록 까망이도 오감을 빼앗긴 상황이었지만, 언제든지 공격이 와도 막을 수 있도록 나이젤의 몸 전체에 검은 막을 펼쳐 두었던 것이다.

끼잉. 낑낑.

나이젤의 그림자 속에서 힘에 부친 까망이의 신음 소리가 흘러나왔다.

섀도우 디바우어와 등급 차이가 나는 데다가, 지금은 검은 막을 상시 발동 중이었다.

그 때문에 까망이는 평소보다 힘이 많이 들었다.

"조금만 힘내, 까망아."

뀨!

나이젤의 말에 까망이는 귀엽게 답했다. 그리고 외부에서 들어오는 공격을 막으려고 용을 썼다.

그사이 나이젤은 조용히 숨을 내쉬며 장검을 치켜들었다.

지금 자신의 주변 공간은 어둠에 삼켜져 있는 상황.

나이젤은 마나 홀에 남아 있는 기운을 검에 집중시켰다. 그러자 나이젤의 장검에서 검은 오러가 피어올랐다.

그렇게 얼마나 기운을 모았을까.

어느 순간 치켜들고 있던 장검을 나이젤은 아래로 휘둘렀다.

무영검법(無影劍法).

이식(二式), 섬광 베기(殲光斬)!

어둠을 가르는 멸망의 빛.

히든 던전을 공략한 나이젤은 영주성으로 돌아오기 전, 숙련도 100%를 찍은 무영검법, 무영투법, F급 일반 스킬 육체 강화를 한 단계씩 등급을 올려 두었다.

그리고 무영검법과 투법은 각각 2초식까지 찍어 둔 상황.

번쩍! 촤아아아악!

강렬한 섬광과 함께 어둠이 갈라졌다.

"허억?"

나이젤의 앞에 갈라진 어둠의 틈 사이로 경악한 표정을 짓고 있는 해럴드의 모습이 나타났다.

지금까지 한 번도 새도우 디바우어가 깨진 적은 없었다.

그런데 그 섀도우 디바우어가 두 조각이 나 버리다니.

곧이어 섀도우 디바우어를 빠져나온 나이젤이 해럴드를 향해 달려들었다.

그 와중에도 해럴드는 믿기지 않는 표정으로 중얼거렸다.

"마, 말도 안 돼."

"돼."

해럴드를 향해 달려들던 기세 그대로 나이젤은 오른쪽 손바닥을 해럴드의 명치에 가져다 댔다.

그와 동시에 액티브 스킬 육체 강화와 까망이의 단단해지기 스킬이 시전 되었다.

그 직후 나이젤은 25% 출력의 임팩트를 발동시켰다.

퍼스트 어빌리티(First Ability).

브레이크 임팩트(Break Impact)!

콰아아아앙!

"크허어어억!"

해럴드는 비명을 내지르며 튕겨져 날았다.

그리고 허공에서 해럴드의 강철 갑주와 건틀렛, 부츠가 산산이 깨져 나갔다.

충격파에 휩쓸린 해럴드는 1층 아래로 떨어져 내렸다.

'후.'

파쇄붕권의 요령으로 손바닥을 내지른 나이젤은 숨을 길게 내쉬었다.

'좋아, 이 정도라면 무리가 없구나.'

까망이와 육체 강화 스킬 덕분에 25% 출력이라면 무리 없이 사용이 가능해졌다.

그리고 월터와 결투를 벌인 이후 나이젤은 임팩트의 출력을 단계별로 조절하며 시험을 해봤다.

그 결과, 상대의 무기나 방어구를 파괴할 수 있는 브레이크 임팩트를 사용할 수 있다는 사실을 알게 되었다.

'50%의 벽을 넘어야 돼.'

그 다음 단계로 가려면 아무래도 50%를 넘어야 되는 모양이었다.

하지만 현재 나이젤이 낼 수 있는 최대 출력은 49.9%였다.

그 이상은 몸에 부담이 심했으니까.

쿠웅!

얼마 지나지 않아 1층에서 해럴드가 육중하게 떨어지는 소리가 들려왔다.

"해, 해럴드 점장님……."

"해럴드 형님까지 당하다니……."

딜런 십인대와 교전 중이던 경호원들은 놀란 표정으로 1층 바닥에 쓰러진 해럴드를 바라봤다.

해럴드의 강함을 잘 알고 있는 그들은 믿을 수 없는 표정을 지었다.

"나이젤 백부장님, 적 대장을 해치우신 겁니까!"

그때 1층 홀에서 트론의 해맑은 목소리가 울려 퍼졌다.

"크아아악!"

그 순간 해럴드가 괴성을 지르며 자리에서 벌떡 일어났다.

그 모습을 본 십인대 대원들의 얼굴이 일그러졌다.

"아, 신병 새끼가 빠져 가지고."

"적한테 부활 주문을 거네."

"돌았냐?"

영문도 모른 채로 훅 들어오는 고참병들의 내리 갈굼에 트론은 울상을 지었다.

"죄, 죄송합니다. 죄송합니다."

트론의 대응은 틀리지 않았다.

자기 잘못이 아니라고 말대답까지 했으면 주먹이 날아왔을 테니까.

"쿨럭쿨럭!"

그때 해럴드가 피를 토했다.

지금 해럴드의 상태는 결코 좋지 않았다. 임팩트의 25% 출력 충격파를 고스란히 맞았기 때문이다.

그나마 강철 갑옷이 몸을 보호하고, 나이젤이 손속에 사정을 둔 덕분에 죽지 않을 수 있었다.

'아직 죽으면 안 되지.'

해럴드에게서 알아내야 할 정보가 있으니까.

"이 버러지 같은 쓰레기 놈이!"

해럴드는 분노로 통증을 잊고 2층 테라스에 있는 나이젤을 노려봤다.

하지만 그뿐.

상황은 해럴드를 비롯한 황색단원들에게 불리했다.

해럴드는 나이젤에게 졌으며, 블랙 애플의 경호원으로 위장 중인 황색단원들도 십인대에게 털리는 중이었다.

황색단원들도 몇 명 남지 않은 상황.

콰앙!

그때 블랙 애플 1층 정문이 거칠게 열리며 한 무리의 사람들이 우르르 들어왔다.

약 30명이 넘는 인원이 1층 홀을 가득 채우며 십인대를 에워쌌다.

"뭐, 뭐야, 이놈들은?"

갑작스러운 상황에 십인대의 얼굴이 어두워졌다.

이제 좀 경호원들을 제압하나 싶었는데 난데없이 정체불명의 사내들이 나타나 자신들을 포위했기 때문이다.

사내들은 입가에 비웃음을 띠며 십인대를 노려봤다.

"감히 어느 겁도 없는 놈들이 우리 황색단을 건드려?"

그때 사내들 사이에서 한 인물이 호통을 치며 앞으로 나왔다.

어깨까지 내려오는 갈색 머리카락에 오른쪽 눈에서 뺨까지 칼자국이 길게 나 있었으며, 전체적으로 날카로워 보이는 인상의 사내였다.

'거물이 왔네.'

나이젤은 속으로 혀를 찼다.

설마 저 인물이 올 줄이야.

지금 황색단원들을 이끌고 나타난 사내의 정체는 다름 아닌 황색단의 부단장, 케일런이었다.

"블랙 애플에서 난리를 피운 게 네놈들이냐?"

케일런은 이가 절로 갈렸다.

감히 자신들이 운영하는 고급 주점에서 행패를 부리는 건방진 놈들이 있을 줄이야.

보고를 듣자마자 케일런은 단장인 크레이들에게 알리지 않고 바로 부하들을 이끌어서 블랙 애플로 향했다.

크레이들의 귀에 이 일이 알려지면 관리도 똑바로 못 하냐고 욕먹을 게 뻔했으니까.

그래서 자신의 선에서 끝낼 생각이었다. 일단 그 전에 분풀이를 좀 해야 할 것 같았다.

케일런은 블랙 애플의 책임자인 해럴드를 바라봤다.

"야, 이 병신 새끼야!"

빡!

"커헉!"

1층 홀을 둘러본 케일런은 다짜고짜 해럴드의 머리통을 후려쳤다.

"넌 생각이 있는 놈이냐, 없는 놈이냐? 저딴 버러지 같은 놈들한테 당하기나 하고. 미쳤냐? 미쳤냐고, 이 새끼야!"

케일런은 모두가 보는 앞에서 해럴드를 두들겨 패기 시작했다.

케일런의 손찌검에 해럴드의 고개가 마구 흔들렸고 피가 치솟았다.

"죄, 죄송합니다."

계속된 구타에 엉망이 된 얼굴로 해럴드는 용서를 구했다.

그제야 케일런의 손이 멈췄다.

"단장님 귀에 들어가지 않은 걸 다행으로 알아라. 하지만 이번 일의 책임은 져야 할 거다. 대신 저놈은 너한테 넘기지."

케일런은 차가운 눈으로 2층 테라스에 있는 나이젤을 올려다봤다.

"야! 네가 주모자지? 말로 할 때 이리 내려와라."

"내가 왜? 날 보고 싶으면 네가 올라오든가."

나이젤은 피식 웃으며 답했다.

그러자 케일런의 얼굴이 굳어졌다.

"야, 이 미친 새끼야! 처 죽여 버리기 전에 당장 이리로 내려와!"

케일런은 눈을 부라리며 소리쳤다.

어린놈이 겁도 없이!

"알았다."

짤막한 대답과 함께 나이젤은 2층 테라스에서 케일런의 머리 위를 향해 뛰어내렸다.

2층 높이에서 이단 회전을 하며 몸을 비튼 나이젤은 케일런의 정수리를 향해 발뒤꿈치를 내려찍었다.

공중에서 떨어져 내리는 나이젤을 멍한 표정으로 바라보던 케일런은 미처 피하지 못하고 황급히 양팔을 교차하며 들어 올렸다.

퍼어억! 콰지직!

"끄아아악!"

케일런은 고통에 찬 비명을 내질렀다. 막긴 막았지만, 막아도 막은 게 아니었으니까.

무영심법으로 오러를 발뒤꿈치에 집중한 덕분에 케일런의 양팔이 부서졌다.

"이, 이 찢어 죽일 자식이!"

생각지도 못한 기습 공격에 양팔이 부러진 케일런은 핏발이

선 눈으로 나이젤을 노려봤다.

"저 새끼 죽여! 아니, 죽이지 말고 내 앞으로 끌고 와! 본거지에 있는 지하 고문실로 보내 버릴 거니까! 죽여 달라고 빌게 만들어 주마!"

케일런의 말에 황색단원들이 움찔거렸다.

지하 고문실은 황색단원들조차 꺼리는 곳이었다.

그곳에 끌려간 사람들 중에서 살아서 나온 자는 없었으며 대부분 참혹한 몰골의 시체가 되어 나왔다.

팔다리가 없는 건 기본이고, 전신이 비틀려 있거나, 끔찍한 고통으로 일그러져 있는 얼굴 등등.

그리고 그런 지하 고문실에서 희생자들에게 잔인한 고문을 가하는 인물이 바로 케일런이었다.

"큭!"

"이 자식들이!"

딜런 십인대들은 눈살을 찌푸렸다.

케일런의 명령에 황색단원들이 움직이기 시작한 것이다.

황색단원들은 딜런 십인대들을 견제하며 나이젤을 에워싸기 시작했다.

'성가시네.'

나이젤은 눈살을 찌푸렸다.

간부들인 카론이나 해럴드, 그리고 케일런을 무력화시켰지만 아직 서른 명 가깝게 황색단원들이 남아 있었다.

그에 반해 이쪽은 이제 열 명 남짓한 상황.

거기다 계속되는 전투로 꽤 지쳐 있는 상태였다.

나이젤 쪽이 불리했다.

하지만…….

콰아앙!

와장창!

순간 블랙 애플 건물의 1층 정문과 창문이 박살이 났다.

그리고 부서진 정문과 창문 사이로 대규모의 인원이 우르르 몰려 들어왔다.

"이놈들!"

정문을 산산조각 내듯 박살 내면서 육중한 갑주를 걸친 거구가 들이닥쳤다.

다름 아닌 노팅힐 영지군 소속 가리안 백부장이었다.

"어, 어?"

돌연 노팅힐 영지군들이 우르르 들어오자 케일런의 표정이 딱딱하게 굳어졌다.

"가, 가리안 백부장?"

케일런은 가리안에 대해 알고 있었다. 다리안 영주의 동생이고 실질적으로 영지군을 이끄는 인물이었으니까.

그렇기에 지금 상황을 이해할 수 없었다. 어째서 영지군이 이곳에 나타난단 말인가?

"네놈!"

그때 가리안은 자신을 멍한 눈으로 바라보고 있는 인물을 발견했다.

블랙 애플 건물에 도착할 때쯤, 나이젤을 끌고 오라고 소리치던 놈이었다.

"감히 우리 나이젤 백부장을 고문하겠다고 말했던 놈이렷다!"

가리안은 분개한 표정을 지으며 검을 치켜들었다.

그때 나이젤이 다급하게 소리쳤다.

"가리안 백부장님, 죽이면 안 됩니다!"

"그렇지. 쉽게 죽이면 안 되지."

나이젤의 외침에 가리안은 멈칫했다.

하지만 분이 풀리지 않았다.

애지중지하는 우리 나이젤을 감히 고문하겠다니.

절대 용서할 수 없었다.

"가리안 백부장님."

그때 트론이 가리안 옆에서 무릎을 꿇고 양손을 공손히 내밀
며 말했다.

가리안은 트론을 내려다봤다.

"이건 무엇인가?"

"20년간 숙성시킨 샴페인이옵니다."

"좋군."

역시 고급 주점 블랙 애플.

오랜 세월 숙성시킨 고급술도 있는 모양이었다.

안 그래도 나이젤을 고문하겠다는 놈 때문에 기분이 좋지 않
았던 가리안은 술병을 들어 올렸다.

고급 샴페인이라도 마셔서 기분을 풀 생각일 터.

적어도 케일런은 그렇게 생각했다.

"야, 이 썩을 놈아!"

퍼억! 쨍그랑!

"끄허어억!"

생각지도 못한 둔탁한 충격과 고통에 케일런은 눈을 까뒤집으
며 비명을 내질렀다.

갑자기 가리안이 단단해 보이는 샴페인을 케일런의 정수리에
대고 내려쳤던 것이다.

"이제야 좀 속이 시원하네."

한 병에 30골드나 하는 샴페인 병으로 케일런의 머리를 깨 버
린 가리안은 시원한 미소를 지었다.

그렇게 황색단의 부단장인 케일런이 쓰러지면서 상황은 일단
락되었다.

남겨진 황색단원 서른 명만으로는 가리안 백부장과 약 40명
에 가까운 영지군을 상대할 수 없었으니까.

"나이젤 백부장, 이제 어떻게 할 생각인가?"

황색단원들을 제압한 후, 가리안이 나이젤을 향해 물었다.

그 말에 나이젤은 바닥에 무릎을 꿇고 포박되어 있는 황색
단의 부단장 케일런과 블랙 애플의 총책임자인 해럴드를 바라
봤다.

그리고 씩 웃으며 말했다.

"저놈들에게 상상도 할 수 없는 어마어마한 짓을 해 볼까 합
니다."

*   *   *

빛이라고는 한 점도 들어오지 않는 어두운 지하 감옥 안.

그곳 중앙에 거대한 자줏빛 크리스털 하나가 덩그러니 있었다.

그리고 크리스털을 중심으로 직경 1센티 정도 되는 작은 관들이 여러 개 꽂혀 있어서 기괴하게 보였다.

"오늘도 아름답군."

3미터 높이의 레드 크리스털 앞에 한 사내가 서 있었다.

나이는 30대 후반.

야망으로 빛나는 회색 눈과 목 뒤 너머까지 내려오는 회색 머리카락을 묶고 있었으며, 얼굴에서는 자신감이 넘쳐흘렀다.

그가 바로 실질적으로 황색단을 이끄는 단장, 크레이들이었다.

[아이들은 무사하겠지?]

그때 레드 크리스털 안에서 약간 기계음처럼 떨리는 여성의 목소리가 차갑게 울려 퍼졌다.

놀랍게도 레드 크리스털 안에는 하얀 원피스를 입은 여성이 있었다.

다리까지 길게 내려오는 밝고 예쁜 연두색 머리카락과 신비하게 빛나는 연옥색 눈동자, 그리고 인간에게서 볼 수 없는 긴 귀까지.

요염한 30대 초반 여인처럼 보이기도 하고 20대 초반의 풋풋한 여성처럼 보이기도 하는 아름다운 하프 엘프였다.

"걱정하지 마라, 아리아. 약속대로 아이들에게는 손대지 않았으니까."

크레이들은 입가를 비틀어 올렸다.

[잊지 마라. 아이들에게 무슨 일이 생긴다면 용서하지 않을 테니까.]

아리아는 차가운 눈으로 크레이들을 노려봤다.

그녀는 유명한 헌터였다.

수많은 전장을 전전하고 몬스터들로부터 사람들을 구했다.

그러다 보니 A급 헌터가 되었으며, 사람들은 그녀를 녹색 바람이라고 불렀다.

하지만 아리아에게 그런 것들은 중요하지 않았다.

언제부터인가 전장에서 부모를 잃고 오갈 곳이 없어진 작은 아이들이 그녀에게 다가오기 시작했다.

아이들의 부모를 구하고 싶었지만, 구할 수 없었던 그녀는 부모 잃은 아이들을 하나둘 거두어들였다.

인간인 아이들도 있었고, 아인족인 아이들도 있었다.

아이들의 수가 많아지자 그녀는 헌터 생활에서 은퇴를 했다.

그 후, 변경의 조용한 영지인 노팅힐에서 터를 잡고 평화롭게 아이들을 돌보며 비교적 행복하게 지냈다.

하지만 행복한 순간은 길지 않았다.

노팅힐 영지에 나타난 황색단이 아이들을 인질로 잡은 것이다.

그녀 혼자서는 아이들을 전부 지킬 수 없었다.

거기다 비열하게도 황색단은 아이들을 미끼로 내세워 그녀를 사로잡기까지 했다.

"그건 당신 하기 나름이지."

크레이들은 뒤틀린 미소를 지었다.

차가운 눈으로 자신을 노려보는 그녀의 반항적인 모습은 그저 즐거울 따름이었다.

아찔한 몸매를 여과 없이 드러내 보이는 하얀 원피스의 그녀는 이제 곧 몸부림치게 될 테니까.

"그럼 오늘 일을 시작해 볼까?"

철컥.

크레이들은 즐거운 미소를 지으며 마도 장치를 작동시켰다.

키이잉.

그러자 레드 크리스털이 빛나면서 촉수처럼 박혀 있는 관에서 녹색빛이 흐르기 시작했다.

레드 크리스털 내부에 있는 아리아의 마력을 뽑아내기 시작한 것이다.

[하읏! 흐으윽!]

아리아의 입에서 아찔한 신음 소리가 흘러나왔다.

고통스러우면서도 뜨거운 열락 같은 느낌이 전신을 관통하듯 덮쳐왔다.

아리아는 마나가 뽑혀 나가는 야릇한 감각에 저항하며 입술을 깨물었다.

"저항은 무의미하다. 지금 느낌에 몸을 맡기는 게 어때? 나쁘지 않잖아?"

전신이 붉게 달아오르고 뜨거운 숨을 내쉬며 몸을 떠는 아리아를 바라보던 크레이들이 야비한 미소를 지었다.

하지만 아리아는 이를 악물며 표독스러운 눈초리로 크레이들을 노려봤다.

'이 정도는 참을 수 있어.'

아이들을 위해서라면 이 정도쯤은 아무것도 아니었다.

"과연 언제까지 버틸 수 있을지 기대되는군."

크레이들은 비열한 미소를 지으며 입꼬리를 치켜올렸다.

잠시 후, 지하 감옥 안에서 아리아의 녹아내릴 것 같은 신음 소리가 끊임없이 울려 퍼졌다.

*   *   *

블랙 애플 3층 해럴드의 집무실.

지금 그곳에서 황색단 부단장 케일런과 해럴드가 바닥을 뒹굴고 있었다.

"흐, 흐어어억."

"개, 갱장해."

그들은 정신이 나간 표정으로 집무실 바닥에 흐느적거렸다.

나이젤이 상상도 할 수 없는 어마어마한 짓을 해 주었으니까.

"나이젤 백부장님, 이제 이놈들 어떻게 할까요?"

나이젤이 집무실 밖으로 나오자, 밖에서 대기하고 있던 딜런이 물어왔다.

"일단 포박해 놓고 대기해. 가리안 백부장님과 이야기 좀 하고 올 테니까."

"예."

나이젤의 명령에 딜런은 집무실 안에 있는 케일런과 해럴드를 밧줄로 묶기 시작했다.

그사이 나이젤은 1층으로 향했다.

'등잔 밑이 어둡다더니.'

황색단에서 엔젤 더스트를 제조한 장소.

그곳은 다름 아닌 황색단의 본거지였다.

물론 단순히 본거지에 있는 게 아니라 그곳에 숨겨진 지하 시설이었지만.

어쨌든 블랙 애플을 제압하면서 본래 목적을 달성할 수 있었다.

엔젤 더스트 제조 시설이 어디에 있는지 알아낼 수 있었으니까.

그뿐만이 아니다.

[돌발 이벤트 발생!]

[당신은 노팅힐 영지에서 치안을 어지럽히는 암흑가의 조직 황색단의 음모를 밝혀냈습니다!]

[돌발 이벤트: 황색단의 음모.]

암흑가 조직 황색단에서 엔젤 더스트를 유행시키려는 사건이 포착되었습니다.

영지 내에서 엔젤 더스트가 돌지 않게 적절한 조치를 취하십시오.

난이도: D.

보상: 전공 포인트 2,000, 치안 포인트 25 증가, 명성 100포인트.

아직 시기적으로 황색단 이벤트가 발생할 때가 아니었다.

하지만 나이젤이 케일런과 해럴드를 심문하면서 엔젤 더스트에 관한 정보를 얻자 돌발 이벤트로 황색단 관련 이벤트가 발생한 모양이었다.

'나한테는 좋은 일이지.'

원래 해야 하는 일인데 보상까지 추가로 받을 수 있었으니까.

현재 나이젤의 전공 포인트는 약 1,000 정도 남아 있었다.

전공 포인트를 개당 500씩 소모하여 검법, 투법은 2초식까지 구입했고, F급 무공 스킬 두 개와 F급 일반 스킬 한 개를 E급으로 올렸기 때문이다.

공통적으로 F급 스킬 가격은 1,000WP이지만, E급 일반 스킬은 2,000WP이고 E급 무공 스킬은 3,000WP다.

그리고 업그레이드 비용은 E급 가격에서 F급 가격을 뺀 만큼 든다.

즉, 무공 스킬은 2,000WP, 일반 스킬은 1,000WP를 업그레이드 비용으로 소모한 것이다.

물론 등급을 올리려면 스킬 숙련도가 100%는 되어야 했다.

'이제 슬슬 스킬 상점 업그레이드도 생각해 봐야겠네.'

현재 스킬 상점 등급은 F였다.

그 때문에 F급 스킬밖에 살 수 없었지만, 상점을 업그레이드하게 되면 보다 더 유용하고 등급이 높은 스킬들을 구매할 수 있게 된다.

또한, 스킬 슬롯도 더 늘릴 수 있기 때문에 후반으로 가면 무영류 스킬들뿐만이 아니라 다른 스킬들을 함께 사용할 수 있었다.

그러니 상점 업그레이드는 필수였다.

다만, 상점 업그레이드를 하기 위해서는 조건이 있었다.

'명성.'

명성이 500은 되어야 E급으로 업그레이드를 할 수 있었던 것이다.

현재 나이젤의 명성은 380 정도였다.

아직 120이나 부족했다.

그 점이 문제였다.

돌발 이벤트를 클리어해도 명성 20이 부족하니까.

'그래도 이번 기회에 황색단 놈들을 처리하면 명성이 꽤 오르겠지.'

엔젤 더스트 사건도 해결하고, 치안도 올리고, 인재도 얻고, 명성도 얻고.

일석이조, 삼조를 넘어서 이 정도면 보물 상자가 따로 없었다.

그나마 부족한 명성은 20 정도였으니, 어떻게든 채울 수 있을 것이다.

"나이젤 백부장 왔나?"

어느덧 1층 홀까지 내려오자 가리안이 나이젤을 반겼다.

"예, 별다른 일은 없었습니까?"

"다행인지는 모르겠지만 더 이상 놈들이 오지 않더군."

아직 상당수의 황색단원들이 본거지에 남아 있을 터였다.

그런데 블랙 애플 주점으로 지원을 더 이상 보내지 않았다는 말은, 조용히 숨어서 사태를 지켜보고 있다는 얘기거나 아니면 본거지를 이전할 준비를 하고 있다는 것일 수도 있었다.

'그것도 아니면 아직 이쪽 상황을 모르고 있거나.'

나이젤은 속으로 미소를 지었다.

이미 황색단의 본거지와 블랙 애플 사이의 정보를 차단시키기 위한 보험을 들어 놓았다.

영지군이 움직였다는 사실을 황색단의 단장 크레이들이 듣기까진 시간이 좀 걸릴 터였다.

그리고 어느 쪽이든 황색단으로서는 외통수였다.

이쪽에는 황색단의 핵심 간부 두 명을 붙잡아 두고 있으니까.

"그래서 뭐 좀 알아낸 게 있나?"

"예. 황색단이 숨기고 있던 엔젤 더스트 제조 시설을 알아냈습니다."

"그렇다면 다행이군."

"예."

고개를 끄덕이며 대답하는 나이젤의 말에 가리안은 안도의 표정을 지었다.

머지않아 영지 내 성채 도시에서 엔젤 더스트라는 위험한 환각제가 나돈다는 믿기 힘든 이야기를 들었다.

하지만 가리안은 의심하지 않았다.

그 말을 한 사람은 다른 누구도 아닌 나이젤이었으니까.

거기다 엔젤 더스트의 제조 시설 위치를 알아냈다고 하니 정말 다행스러운 일이 아닐 수 없었다.

"그럼 이제 어떻게 할 생각인가?"

"우리 영지에 엔젤 더스트를 퍼트리려고 한 놈들입니다."

노팅힐 영지를 지키기 위해 절반에 가까운 병사들이 죽었고, 다리안 영주조차 영지민을 지키기 위해 검을 들고 카오스 고블린 챔피언 앞에 나섰다.

그런데 암흑가 조직 놈들이 엔젤 더스트를 퍼트려서 영지민들을 피폐하게 만들려고 하는 게 아닌가?

"영지민을 건드리면 어떻게 되는지 본보기를 보여 주어야죠."

나이젤은 차가운 미소를 지었다.

*   *   *

"끄으윽."

어둡고 으슥한 골목길.

그곳에서 연락 담당인 황색단원 한 명이 누군가에게 목을 졸리고 있었다.

얼마 후 발버둥 치던 황색단원의 몸이 축 늘어지며 기절했다.

황색단원을 기절시킨 검은 옷을 입은 인물은 어두운 골목길 속으로 모습을 감췄다.

이런 일들이 블랙 애플 주점 주변의 으슥한 장소에서 벌어지고 있었다.

루크가 이끄는 자경단원들이 황색단의 정보원들을 처리하고 있었던 것이다.

그리고 블랙 애플 주점에 있던 영지군들이 이동을 시작하자 루크를 비롯한 자경단원들도 움직였다.

*　　　　*　　　　*

나이젤을 필두로 영지군은 황색단의 본거지로 움직였다.

목적지는 오늘 사과를 훔친 수인족 아이들을 쫓다가 발견한 언덕 위의 작은 저택이었다.

그런데 작은 저택이 보이는 골목길에 도착했을 때 문제가 생겼다.

골목길 안에 검은 그림자들이 무릎을 꿇은 채 몸을 웅크리고 있었으니까.

"웬 놈들이냐!"

그들을 발견한 가리안이 소리쳤다.

"자경단 루크입니다."

영지군이 움직이는 것을 본 자경단이 인적이 드문 장소에서 집결해 있다가 영지군을 맞이한 것이다.

그리고 애초에 나이젤이 블랙 애플에서 영지군이 움직일 테니 이쪽으로 와 있으라고 미리 말해 뒀었다.

"조금 전에 말한 협력자들입니다. 경계하지 않아도 됩니다."

"그런가?"

나이젤의 말에 가리안은 한걸음 물러났다. 블랙 애플에 있을 때, 황색단을 치는 데 도움이 되는 인물을 포섭해 두었다는 이야기를 들었으니까.

가리안은 하얀 달빛 아래에서 모습을 드러낸 루크를 지그시 바라봤다.

"우리 나이젤 백부장이 신뢰할 수 있는 인물이라고 했으니 믿을 수 있겠지."

"감사합니다."

가리안 앞에서 루크는 고개를 숙여 보였다. 비록 자경단이라고 하나, 실상은 암흑가 조직과 다를 바 없었다.

그 때문이라도 영지군과 문제가 생길 수 있었기에 루크는 자발적으로 순종적인 모습을 보였다.

거기다 이미 나이젤에게 충성을 맹세한 상황.

고개를 숙이는 것쯤은 아무것도 아니었다.

그리고 지금은 사소한 일로 왈가왈부할 때가 아니었다.

나이젤은 영지군과 자경단을 바라보며 말했다.

"지금은 한시라도 빨리 황색단의 본거지를 제압해야 한다. 서로 잘 협력하도록."

"옙!"

나이젤의 말에 영지군 병사들과 자경단원들은 짧고 조용하게 답했다.

그들의 대화를 뒤로하며 나이젤은 골목길 끝, 언덕 위로 보이는 작은 저택을 바라봤다.

남은 건, 저택에서 은신 중인 황색단을 제압하고 단장인 크레이들을 잡는 것뿐.

잠시 후, 영지군 병사들과 자경단원들이 조용히 골목길을 이동하며 언덕을 향해 움직이기 시작했다.

황색단의 본거지에 남아 있던 단원들은 빠르게 제압되어 갔다.

모든 것은 나이젤의 계획대로였으며, 블랙 애플 주점을 공격한 이유는 두 가지였다.

블랙 애플을 관리하는 간부를 붙잡아서 엔젤 더스트 제조 시설을 판명해 내고, 본거지를 빠르게 제압하기 위해 황색단원들을 양분시키기 위함이었다.

그 결과는 나이젤의 예상을 웃돌았다. 예상치 못하게 황색단의 부단장이라는 거물이 걸려든 것이다.

'그래서 좀 불안하단 말이야.'

현재 나이젤의 인생 난이도는 불가능이었다.

예상치 못한 안 좋은 일이 생겨야 정상인데, 오히려 좋은 일이 생기니 불안했다.

어쨌든 나이젤의 작전대로 황색단의 본거지에 남아 있는 단원들은 많지 않았다.

거기다 자경단까지 합류한 상황.

황색단보다 인원이 배 이상 많았다.

덕분에 영지군과 자경단은 개미 한 마리 도망가지 못하게 주위를 포위한 후 황색단을 빠르게 제압하고 있는 중이었다.

그사이 나이젤은 가리안, 딜런, 트론, 카테리나, 루크, 칼리언을 데리고 저택 주변을 둘러봤다.

"딜런."

"예, 나이젤 백부장님."

"여기가 원래 뭐 하던 곳인지 알고 있어?"

"글쎄요……."

나이젤의 물음에 딜런은 고개를 갸웃거렸다.

이미 몇 년 전부터 버려져 있는 저택이라는 사실만 알고 있었다.

그런데 설마 황색단이 본거지로 사용하고 있었을 줄이야.

"고아원이야."

"고아원요?"

나이젤의 말에 루크와 칼리언을 제외한 모두는 어리둥절한 표정을 지었다.

이 저택이 고아원이었을 줄은 몰랐으니까.

"그럼 고아원의 관계자들이나 아이들은 어떻게 된 겁니까?"

"알고 싶으면 따라와."

나이젤은 일행을 이끌고 작은 저택을 지나 조금 떨어진 곳에서 발걸음을 멈췄다.

그들 앞에 나이가 수십 년은 넘어 보이는 커다란 사과나무 한 그루가 서 있었으며, 그 너머로 사과나무 과수원이 펼쳐져 있었다.

"리나, 오늘 우리가 쫓았던 아이들 기억해?"

"예, 기억하고 있어요."

카테리나는 고개를 끄덕이며 답했다.

골목길에 들어서자마자 홀연히 사라졌던 수인족 아이들.

결국 그 아이들이 어디로 사라졌는지 알아내지 못하고 돌아올 수밖에 없었다.

하지만 나이젤은 알고 있었다.

골목길에서 사라진 수인족 아이들이 어디로 사라졌는지, 그리고 고아원의 아이들이 무슨 짓을 당했는지.

트리플 킹덤 게임을 하면서 알게 되었으니까.

"이곳에 그 아이들이 있어."

"네?"

의아한 표정으로 자신을 바라보는 카테리나를 뒤로하고 나이젤은 눈앞에 있는 큰 사과나무를 향해 다가갔다.

그리고 품속에서 붉은 사과 하나를 꺼내 큰 사과나무 밑에 두었다.

스르륵.

그러자 하얀 형체가 사과나무 밑에서 솟아오르는 게 아닌가?

"헛?"

그 모습을 본 딜런과 트론, 그리고 카테리나는 놀란 표정을 지었다.

하얀빛 같은 형체가 점차 오늘 낮에 보았던 수인족 아이들의 모습으로 변했기 때문이다.

그뿐만이 아니었다.

과수원에 있는 사과나무 아래에서 서너 살에서 열 살 정도 되어 보이는 아이들이 희끄무레한 빛을 내며 모습을 드러냈다.

"샤아아아!"

그리고 제일 처음 모습을 드러낸 수인족 아이 중 한 명이 잽싸게 나이젤이 놔둔 사과를 주워 가더니 털을 곤두세우며 위협했다.

하지만 열 살짜리의 위협은 그저 귀여울 뿐이었다.

"걱정하지 마라. 그건 괜찮은 거니까."

"냐?"

나이젤의 말에 고양이 귀를 가진 소녀가 고개를 갸웃하더니 나이젤이 둔 사과에 코를 대며 킁킁거렸다.

"냐앙!"

그리고 이내 소녀가 활짝 미소를 지으며 자신을 향해 내미는 사과를 나이젤이 다시 받아 들었다.

그때 가리안이 굳은 표정으로 입을 열었다.

"나이젤 백부장, 설마 저 아이들은?"

"전부 고아원에서 사망한 아이들입니다."

"아이들의 영혼이라는 말인가?"

"예."

나이젤의 대답에 일행의 얼굴이 어두워졌다.

설마 아이들의 영혼이 고아원에 남아 있었을 줄이야.

그리고 낮에 수인족 아이들이 사라진 이유도 납득할 수 있었다.

유령처럼 사라진 게 아니라, 진짜 유령이었던 것이다.

아무래도 물체를 들고 움직일 수 있을 정도로 강한 힘을 가진 사념체인 모양이었다.

"나이젤 백부장님, 그럼 저 아이들은 왜 아직도 남아 있는 겁니까?"

딜런의 물음에 나이젤은 사과나무를 손가락으로 가리켰다.

"저기 사과들이 보이나? 저거 다 엔젤 더스트들이다. 황색단 놈들이 만들어 냈지."

"저 사과들이 엔젤 더스트라고요?"

일행은 경악한 표정을 지었다.

사과가 엔젤 더스트였다니!

이게 대체 무슨 소리란 말인가!

"아마 황색단 녀석들은 엔젤 더스트를 사과로 만들어서 유통시킬 계획이었던 모양이야. 사과라면 검문에 걸리지 않을 테니까."

사과라면 섭취하기도 쉽고, 검문 통과도 쉬웠다. 위험한 약물이라는 이미지가 없었으니까.

"그럼 최근 어린아이들이 사과를 훔치고 있다는 보고가 들어온 이유가?"

"엔젤 더스트 사과가 영지 내에 퍼지는 걸 막으려고 한 거겠지."

나이젤의 말에 일행은 아이들을 바라봤다.

은은한 하얀 빛을 내며 이쪽을 바라보고 있는 열 살 미만의 아이들.

인간인 아이들도 있었고, 엘프나 수인족 같은 아인종 아이들도 있었다.

매일매일 아이들은 시장 거리에서 사과를 훔쳤다.

어른들에게 도둑이라고 욕을 먹었다.

어쩔 때는 사과를 훔치다 주먹으로 맞기도 했다.

아팠다.

눈물이 날 만큼.

하지만 괜찮았다.

사과를 훔칠 수만 있다면.

그저 필사적으로 사과를 훔쳤다.

황색단이 성채 도시에 시제품으로 풀어놓은 엔젤 더스트 사과들을 말이다.

아이들은 엔젤 더스트 사과가 퍼지는 걸 막고 싶었으니까.

"…대체 왜?"

딜런은 목이 멘 소리로 반문했다.

어째서 아이들은 필사적으로 엔젤 더스트 사과가 퍼지는 걸 막으려고 한 걸까?

"반복하고 싶지 않았던 거겠지. 저 아이들은 엔젤 더스트의 피해자니까."

"……!"

일행은 놀란 표정을 지었다.

사과나무는 원래 고아원에서 아이들이 키웠었다.

하지만 황색단에서 사과나무에 손을 댔다.

엔젤 더스트가 함유된 사과가 열리도록 만들어 버린 것이다.

그리고 엔젤 더스트 사과나무를 아이들이 재배하도록 시켰다.

거기다 끝내는 아이들을 대상으로 엔젤 더스트를 개량하기 위한 임상실험까지 했다.

그 결과 아이들은 한 명씩 쓸쓸하게 세상을 떠났다.

그뿐만이 아니라 아이들의 시체를 숨기기 위해 엔젤 더스트 사과나무 밑에 묻어 버렸다.

아이들을 비료로 쓰는 천인공노할 짓까지 저지른 것이다.

"죽일 놈들!"

일행은 황색단 놈들의 만행에 치를 떨었다.

"지켜 주었어야 했는데……."

아이들의 영혼을 바라보며 가리안은 으스러져라 주먹을 쥐었다.

얼마나 세게 쥐었는지 손바닥이 손톱에 찍혀 피가 날 지경이었다.

"지켜 주지 못한 건 저도 마찬가지입니다."

등 뒤에서 루크의 침통한 목소리가 들려왔다.

일행은 고개를 루크를 바라봤다.

그는 피눈물을 흘리고 있었다.

"저는 이곳 출신입니다."

자경단 단장, 루크.

그는 한때 이곳 고아원에서 거두어진 아이였다. 그리고 세월이 흘러 고아원에서 나와 세계를 여행했다.

그 후 그가 고아원으로 돌아왔을 때는 아무도 남아 있지 않았다.

알아낸 사실은 암흑가 조직이 고아원을 본거지로 삼고 있다는 것뿐.

그때부터 루크는 자경단을 조직하고 황색단과 보이지 않는 전쟁을 벌였다.

자기 손으로 결착을 보고 싶다는 마음과 무능한 노팅힐 영지군을 믿을 수 없다는 생각에 도움을 청하지 않았다.

실제로 영지군은 황색단과 맞붙었을 때 적지 않은 피해를 입지 않았던가.

그리고 황색단의 본거지가 고아원이라는 사실도, 고아원에서 일어난 비극도 모르고 있었다.

그 때문에 믿을 수 없는 무능한 영지군보다 차라리 자신이 직접 일군 자경단이 더 믿음이 갔다.

그랬는데 설마 다리안 영주가 힘을 숨기고 있었을 줄이야!

"이렇게 빨리 황색단 놈들을 잡을 줄 알았으면 진작 도움을 요청할 걸 그랬습니다."

루크는 침울한 목소리로 말했다.

고아원에서 일어난 비극은 아무도 막을 수 없었다.

그때 루크는 성채 도시에 없었으며, 영지군도 은밀하게 활동을 시작한 황색단의 움직임을 알아채지 못하고 있었으니까.

하지만 그 이후 루크가 영지군에게 황색단의 정보를 알려주고 도움을 요청했었더라면?

지금보다 더 빨리 황색단의 끝을 볼 수 있었을지도 몰랐다.

"지금이라도 늦지 않았네. 자네가 우리 나이젤 백부장을 믿어 주지 않았다면 황색단 놈들을 뿌리 뽑는 건 더 늦어졌을 테니까."

루크의 어깨를 두드리며 가리안이 위로했다.

반은 맞고, 반은 틀린 말이었다.

루크가 도와주지 않았다면 지금처럼 쉽게 황색단을 제압하지 못했을 뿐이니까.

'세컨드 플랜이 필요 없어져서 다행이지.'

나이젤은 황색단을 확실하게 뿌리 뽑을 생각이었다.

그렇기에 두 번째 계획도 세워 놓았다. 루크가 도와주지 않겠다고 했을 때를 대비하기 위해서.

다행히 필요 없어졌지만.

또한, 아직 끝이 아니었다.

스르륵.

나무 밑에 서 있던 아이 몇 명이 나이젤 일행을 향해 다가와 손을 꼭 잡았다.

그리고 물끄러미 일행을 올려다봤다.

마치 자신들은 괜찮다는 듯이.

그뿐만이 아니라 아이들은 일행의 손을 잡고 어디론가 이끌기 시작했다.

"어디로 가려는 거니?"

귀여운 고양이족 소녀의 손에 이끌려 가며 카테리나가 조용한 목소리로 물었다.

그 말에 소녀는 고개를 돌려 카테리나를 빤히 올려다보았다.

어딘가 슬픈 눈빛으로.

[도와주세요.]

소녀에게서 가녀리고 슬픈 목소리가 흘러나왔다.

소녀뿐만이 아니라 모든 아이들이 조금 전과 다르게 슬픈 표정으로 일행을 바라보고 있었다.

[저희들의 어머니를 구해 주세요.]

아이들 중 몇 명은 눈물을 훔쳤다.

구하고 싶지만 구할 수 없는 사람.

아이들이 할 수 있었던 일은 고작 엔젤 더스트 사과들을 훔치는 일뿐이었다.

그녀를 구해 줄 수 없었다.

"걱정하지 마라. 너희들의 어머니는 내가 구해 올 테니까."

나이젤은 자신의 손을 붙잡고 있는 열 살도 채 되어 보이지 않는 여자아이의 머리를 부드럽게 쓰다듬으며 말했다.

[정말요?]

"응, 오빠한테 맡기렴. 오빠가 꼭 구해 올게."

나이젤의 웃는 말에 아이는 눈가를 손으로 슥슥 비볐다.

하지만 흐르는 눈물을 멈출 수 없었다.

지금까지 듣고 싶었지만, 들을 수 없을 거라고 생각한 말이었으니까.

[흐윽, 흐으윽……]

여자아이는 나이젤의 품에 얼굴을 묻더니 서럽게, 정말 서럽게 눈물을 쏟기 시작했다.

지금까지 아무도 도와주겠다는 사람 하나 없었으니까.

그런데 드디어 자신들을 도와주겠다는 사람이 나타난 것이다.

[고마워요, 아저씨.]

귀여운 미소를 지으며 자신을 올려다보는 여자아이의 모습에 나이젤은 가슴이 아팠다.

'아저씨 아닌데.'

여러 가지 의미로 가슴이 아픈 나이젤은 소녀의 손을 꼭 붙잡으며 일행을 돌아봤다.

일행은 황색단을 향한 분노를 드러내고 있었다.

"황색단 놈들을 용서할 수 없군."

"이번 기회에 아예 완전히 뿌리 뽑아야 합니다."

"어떻게 아이들까지……."

가리안을 필두로 일행은 저마다 한마디씩 하며 용서할 수 없다는 표정을 지었다.

그나마 아이들이 옆에 있어서인지 욕은 하지 않았다.

"나이젤 백부장, 아이들이 말하는 어머니는 대체 누군가? 어디로 가야 구할 수 있지?"

가리안은 나이젤을 바라봤다.

분명 케일런과 해럴드를 통해 아이들의 어머니에 관한 정보를 얻었을 터.

"이쪽으로."

나이젤은 일행을 데리고 어디론가 이동하기 시작했다.

조금 전 아이들이 일행의 손을 붙잡고 이끌던 방향이었다.

"역시 자네라면 알고 있을 거라 생각했네."

가리안은 고개를 끄덕이며 나이젤의 뒤를 따랐다.

나머지 일행도 나이젤과 가리안의 뒤를 따라 움직였다.

황색단의 본거지에 숨겨져 있는 엔젤 더스트 제조 시설을 찾
아서.

Chapter

2

"어째서 무능한 영지군 놈들이······!"

황색단이 본거지로 사용하고 있는 작은 저택 아래의 지하에서 크레이들은 이를 갈았다.

다른 영지에 비해 노팅힐 영지군이 무능하긴 했지만, 그럼에도 은밀하게 활동하며 본거지를 숨겨 왔다.

그런데 영지군이 쳐들어올 줄이야!

[상황이 좋지 않은가 보지?]

자줏빛 크리스털 안에서 아리아가 이죽거렸다.

하지만 말과는 달리 그녀의 상태는 그다지 좋지 않았다.

땀으로 범벅이 된 하얀 원피스가 착 붙어서 아찔하고 육감적인 몸매의 굴곡이 다 드러나 있었으니까.

또한 그녀는 지친 표정이 역력했으며 가쁜 숨소리가 달콤하게 들렸다.

"구출될 거란 기대는 하지 마라. 우리는 그때와 다르니까."

노팅힐 영지군과 처음 맞붙었을 때는 겉으로 드러내진 않았지만 괴멸할 정도로 타격을 입었었다.

그때는 인원도 적었고 부하들의 실력도 좋지 않았던 때였다.

하지만 지금은 다르다.

그때보다 부하들의 숫자가 많아졌고 실력도 더 향상되었다.

쉽게 당하진 않을 것이다.

[두고 보면 알겠지.]

하지만 아리아는 코웃음을 쳤다.

위에서 들려오는 소리가 점점 커지고 있었으니까.

저들은 의심할 필요도 없이 아리아와 크레이들이 있는 엔젤더스트 제조 시설을 향해 곧장 내려오고 있었다.

"그래, 두고 보면 알게 될 것이다. 나는 이때를 위해 많은 준비를 해 두었으니까."

크레이들은 기분 나쁜 미소를 지으며 아리아의 말을 맞받아쳤다.

*   *   *

저택에 남아 있던 황색단원들은 거의 다 제압되었다.

본거지에 남아 있는 녀석들이라 나름 저항을 했다.

하지만 가리안을 시작으로 나이젤과 딜런, 루크가 전투에 참가하면서 빠르게 무너졌다.

그리고 일행은 저택에서 지하로 내려가는 입구를 찾고 있었다.

"입구를 찾았습니다!"

"좋아, 잘했어."

나이젤은 지하 입구를 찾아낸 트론의 어깨를 두드려 주었다.

그러자 시스템 메시지가 떠올랐다.

[트론의 숭배도가 1 올랐습니다.]

나이젤은 속으로 피식 웃었다.

황색단을 상대하면서 영지군 부하들의 충성도나 호감도가 올랐다는 메시지가 종종 떠올랐으니까.

"내가 앞장서겠네!"

바닥에 숨겨진 지하 문을 열며 가리안이 말했다.

"다음은 저희들이 가겠습니다."

"어두우니 조심하시지 말입니다."

그 뒤를 이어 딜런과 트론이 따라 들어가며 말했다.

"뒤는 제가 설게요."

리나는 나이젤의 뒤를 지키듯 섰고.

"저는 먼저 가 보겠습니다."

루크는 딜런과 트론의 뒤를 쫓으며 급하게 내려갔다.

아이들이 어머니라고 부른 인물이 누구인지 알고 있었으니까.

"성격 참 급하네."

그들의 행동에 나이젤은 고개를 절레절레 흔들었다.

딱히 걱정은 들지 않았다.

상대는 황색단이었으니까.

가리안 백부장의 실력이라면 돌발 상황이 생겨도 대처할 수 있을 터였다.

"가자."

"예."

나이젤은 카테리나와 함께 지하 계단을 향해 발걸음을 옮겼다.

그리고 얼마 지나지 않아 엔젤 더스트 제조 겸 실험실로 보이는 장소에 도착했다.

"이건 대체……."

지하로 내려온 일행은 눈살을 찌푸렸다.

예상대로 이곳에서 엔젤 더스트 실험을 한 모양이었다.

여러 가지 실험 도구들이 책상 위에 놓여 있었으니까.

하지만 실험실에 있는 건 엔젤 더스트 실험 도구들뿐만이 아니었다.

"죽은 시체들입니다. 대체 여기서 무엇을 하고 있었던 건지 모르겠습니다."

딜런은 굳은 표정으로 말했다.

실험실 안에는 침대들이 놓여 있었는데, 그 위에 성인 남성 시체들이 누워 있었다.

다행인지 불행인지는 모르겠지만 시체는 총 세 구였다.

그리고 시체로 무언가 실험이라도 한 모양인지 이곳저곳이 기워져 있었고, 어떤 시체는 기형적으로 팔이나 다리가 컸다.

'게임에서도 황색단이 시체들로 실험을 했다는 이야기는 없었는데……'

트리플 킹덤에서는 황색단이 엔젤 더스트를 제조해서 영지에 흘려 보냈다는 이야기만 나왔을 뿐이었다.

눈앞에서처럼 시체들을 이용해 무언가 실험을 했다는 이야기는 없었다.

"이쪽에 안으로 들어가는 입구가 있습니다."

이번에도 트론이 입구를 가장 먼저 발견했다.

루크는 실험실 안쪽에 있는 문을 바라보며 굳은 표정으로 입을 열었다.

"아무래도 이 안에 놈이 있는 것 같습니다."

황색단의 단장 크레이들은 저택에 없었다.

그렇다면 지하의 엔젤 더스트 제조 시설에 있을 터.

일행은 한층 더 긴장된 표정을 지었다. 그리고 가리안이 실험실 안쪽의 철문을 열었다.

그그긍!

둔탁한 쇳소리와 함께 철문이 열리며 길고 어두운 복도가 모습을 드러냈다.

그리고.

키아아아악!

알 수 없는 괴성이 복도 너머에서 들려왔다.

"뭐, 뭐야?"

앞서가던 트론이 흠칫 놀라며 복도를 바라봤다.

"무언가 있는 것 같군."

가리안 또한 눈을 가늘게 뜨며 전방을 주시했다.

잠시 후 복도 너머에서 시커먼 형체가 미친 듯이 달려오는 모습이 보였다.

"모, 몬스터!"

가장 먼저 트론이 자기도 모르게 뒤로 물러나며 소리쳤다.

나이젤 또한 눈을 가늘게 뜨며 복도에서 달려드는 몬스터를 노려봤다.

[키메라 좀비]

[등급] 2성 일반.

[능력치]

무력: 35, 통솔: 22.

지력: 15, 마력: 12.

[특기] 맹독 물기(E).

'키메라라고?'

나이젤은 눈살을 찌푸리면서 괴성을 흘리며 달려들고 있는 몬스터들을 바라봤다.

일반적인 인간과 크게 다를 바 없는 모습.

다만, 이곳저곳에 피부가 기워져 있거나 혹은 몸에 비해 팔다리가 하나둘 더 컸다.

마치 누군가가 시체들을 가지고 실험이라도 한 모습이었다.

그 때문인지는 몰라도 능력치와 특기 또한 무시할 수 없었다.

2성 몬스터들 중에서 최상급 무력을 가지고 있었으니까.

거기다 특기가 E급의 맹독 물기였기 때문에 한 번 물리면 사실상 끝이라고 봐야 했다.

'실험실 침대에 누워 있던 녀석들이랑 비슷하게 생겼……'

순간 나이젤은 흠칫 놀란 표정을 지으며 뒤를 돌아봤다.

흐어어어어!

"리나!"

아니나 다를까, 조금 전까지 침대에 누워 있던 시체들이 가장 후방에 있던 카테리나를 향해 달려들고 있었다.

그리고 이때를 노린 것일까.

"앞에서도 온다! 준비해라!"

카테리나를 덮치는 것과 거의 동시에 복도에서 키메라 좀비들의 선두 무리가 가리안을 향해 뛰어들었다.

그와 동시에 나이젤도 카테리나를 향해 몸을 날렸다.

무영신법(無影迅法).

보법(步法), 유운보(疾風迅步)!

나이젤은 유운보를 펼치며 카테리나에게 달려드는 키메라 좀비를 향해 장검을 빼 들었다.

슈악!

흐워어어어!

눈 깜짝할 사이에 키메라 좀비의 손목을 베어 낸 나이젤은 어깨로 놈의 가슴을 밀쳤다.

쿠당탕!

기습적으로 가슴이 밀쳐진 키메라 좀비는 실험실 바닥을 나뒹굴었다.

'앞으로 두 마리.'

빠르게 한 마리를 무력화시킨 나이젤은 다른 키메라 좀비를 향해 몸을 돌렸다.

그 직후 자신을 향해 날카롭고 기형적으로 긴 손톱이 날아드는 모습을 볼 수 있었다.

콰각!

하지만 검은 막이 나이젤의 몸을 감싸며 키메라 좀비의 손톱을 막아냈다.

뀨!

나이젤의 그림자 속에서 자랑스러워하는 까망이의 귀여운 울음소리가 들려왔다.

위기의 순간, 까망이가 검은 막을 발동하여 공격을 막아 준 것이다.

그리고 나이젤을 공격한 키메라 좀비는 몸을 휘청거렸다. 검은 막에 갑작스럽게 손톱이 막힌 탓에 균형을 잃었던 것이다.

스아악!

앞으로 엎어지듯 넘어지는 키메라 좀비의 목에 검은 궤적이 그려졌다.

툭.

그리고 이내 키메라 좀비의 목이 벌어지더니 머리가 바닥에 떨어졌다.

나이젤이 무명 베기로 키메라 좀비의 목을 베어 넘겼으니까.

'마지막 놈은 어디 있지?'

나이젤은 마지막으로 남은 키메라 좀비를 찾기 위해 주변을
둘러봤다.

키아아아악!

마지막 남은 키메라 좀비는 목에서 피 분수를 내뿜고 있었다.

"저도… 한 마리 처리했어요."

키메라 좀비의 목에서 창을 뽑은 카테리나가 수줍은 목소리
로 말했다.

기초체력 단련과 함께 기본 찌르기만 연습한 결과였다.

'그래도 명색이 2성급 몬스터인데……'

무력 수치가 평균 30대 중반인 키메라 좀비는 카오스 고블린
과 비슷한 수준이었다.

그런데 창을 수련한 지 얼마 되지도 않았는데 키메라 좀비를
혼자 쓰러뜨릴 줄이야.

예상은 하고 있었지만 무시무시한 재능이 아닐 수 없었다.

"잘했어."

나이젤 앞에서 카테리나는 부끄러운 듯 고개를 숙였다.

[카테리나의 호감도가 5올랐습니다.]

눈앞에 떠오른 호감도 메시지를 본 나이젤은 속으로 실소하
며 복도 쪽을 바라봤다.

"죽어라, 이놈들아!"

"이미 죽었는데 또 죽으라고 하는 건 좀……."

"듣고 보니 그러네."

복도에서 몰려나오고 있는 키메라 좀비들의 수가 제법 되었지만, 일행은 그럭저럭 잘 싸우고 있었다.

나이젤을 제외하고 일행 중에서 가장 강한 가리안 덕분이었다.

거의 대부분의 키메라 좀비들은 가리안이 주의를 끌고 있었으며, 그사이 루크와 칼리언은 묵묵히 키메라 좀비들의 목을 따는데 열중했다.

그리고 딜런과 트론은 여유롭게 농담까지 주고받으며 키메라 좀비들을 잡고 있었다.

개개인의 무력만 놓고 본다면 키메라 좀비보다 훨씬 더 강했으니까.

덕분에 키메라 좀비들은 빠른 속도로 줄어들었다.

하지만 문제는 역시 숫자였다.

키에에엑!

줄어드는 속도보다 더 빠르게 키메라 좀비들이 실험실 안으로 쏟아져 들어왔다.

"놈들이 너무 많습니다!"

복도 입구에서 빠르게 키메라 좀비들을 잡으며 부하들이 나이젤과 가리안을 향해 소리쳤다.

시간이 흐를수록 저지선이 밀려나고 있었다. 실험실 안이 키메라 좀비들로 가득 차는 건 시간문제였다.

"그래도 버텨!"

나이젤은 직감적으로 느낌이 왔다.

분명 키메라 좀비들을 보내고 있는 건, 황색단의 단장 크레이들일 터.

그놈이 지금 최후의 발버둥을 치고 있는 것이다.

키메라 좀비들만 막아 낸다면 놈을 붙잡을 수 있었다.

그렇기에 나이젤은 가리안 백부장을 제외한 일행에게 용기를 불어넣는 말을 한마디 해 주었다.

"이놈들 못 막으면 훈련 2배 간다."

"아, 나이젤 백부장님!"

"뭐? 왜? 훈련 3배로 해 줘?"

"아, 아닙니다!"

반발하려던 딜런은 바로 말을 쑥 집어넣었다.

"훈련 받기 싫으면 빨리 쳐 잡든가."

"넵!"

딜런과 트론은 조금 전보다 더 빠르게 몸을 움직이며 키메라 좀비들을 처리하기 시작했다. 그리고 덩달아 카테리나의 움직임도 빨라졌다.

딜런과 트론에게 한마디 한 나이젤은 루크와 칼리언을 바라봤다.

이제 저들도 자신의 부하였다.

영지군에 받아들이기로 했으니까.

그래서 나이젤은 따스한 눈빛과 어조로 말했다.

"너희들도 우리 훈련 받아 볼래?"

그 말에 루크와 칼리언은 딜런과 트론을 힐끔 바라봤다.

"착한 좀비는 죽은 좀비뿐이다!"

"끼얏호우!"

움찔!

루크와 칼리언은 몸을 떨었다.

조금 전과 다르게 딜런과 트론이 이상한 소리를 내지르며 키메라 좀비들 사이를 마구 날뛰고 있었기 때문이다.

"저희들은 괜찮습니다!"

기합이 바짝 든 얼굴로 루크와 칼리언이 빠르게 키메라 좀비들을 처리하기 시작했다.

그렇게 일행이 노력한 덕분에 키메라 좀비들의 수가 많이 줄어들었다.

그리고 키메라 좀비들이 손에 꼽을 정도가 된 순간.

크워어어어어어!

복도 너머에서 공간을 진동시키는 어마어마한 하울링이 실험실을 뒤흔들었다.

키메라 좀비들이 밀리는 걸 느낀 황색단의 단장 크레이들이 직접 움직이기 시작한 것이다.

"큭!"

"이게 무슨!"

갑작스럽게 지하 실험실을 뒤흔들며 울려 퍼지는 하울링에 일행은 귀를 막으며 얼굴을 찌푸렸다. 키메라 좀비들 또한 몸을 제대로 가누지 못했다.

하지만 그 직후 실험실 복도 너머에서 느껴지던 흉포한 기세가 사라졌다.

그 때문에 일행은 긴장한 표정으로 실험실 복도 문을 노려봤다.

언제 어디서 무슨 적이 튀어나올지 알 수 없었으니까.

콰앙!

순간 복도와 연결되어 있는 문 옆의 벽이 터져 나갔다.

그리고 벽 너머에서 거대한 무언가가 모습을 드러냈다.

[어보미네이션]
[등급] 2성 보스.
[타입] 파워.
[능력치]
무력: 62, 통솔: 10.
지력: 5, 마력: 25.
[특기] 포암즈(D), 독 뱉기(D).

2성 보스 어보미네이션.

여러 시체들을 얼기설기 기워놓은 플래시 골렘(Flesh Golem)이다.

시체들을 모아서 만들어진 탓에 보는 것만으로도 혐오감이 들 정도로 그로테스크하게 생겼다.

거기다 키는 3미터가 넘었고 팔이 무려 네 개였으며 비대한 배에는 흉물스럽게 생긴 입이 달려 있었다.

'아니 저놈이 여기서 왜 나와?'

나이젤은 눈살을 찌푸렸다.

어보미네이션은 2성 보스급 중에서 나름 강한 편이었다.

무력이 60이 넘었으니까.

거기다 특기도 까다로웠다.

네 개의 손에는 제각기 들린 중형 도끼만으로도 충분히 위협적인데, 배에 있는 입으로는 산성 독까지 내뱉을 수 있기 때문이다.

그나마 다행인 점은 시체 골렘이었기 때문에 지능과 통솔이 낮다는 사실이었다. 결론적으로 어보미네이션은 높은 체력과 방어력을 가진 딜탱 같은 존재라고 할 수 있었다.

다만 문제는 어보미네이션이 일반적으로 존재하는 몬스터가 아니라는 사실.

흑마법사가 악마와 계약을 맺어야 소환할 수 있는 몬스터였던 것이다.

"으음. 시체 골렘이라니……."

어보미네이션의 등장에 가리안은 침음성을 흘렸다.

다른 일행 또한 얼굴을 찌푸리며 어보미네이션을 바라봤다. 지독한 시체 썩는 냄새가 나고 있었으니까.

카테리나는 혐오스러운 모습과 지독한 냄새 때문에 안색이 창백해졌지만, 고개를 돌리지 않고 있었다.

그리고 일행은 눈앞에 있는 시체 골렘이 어보미네이션이라는 사실을 모르고 있는 모양이었다.

"단순한 시체 골렘이 아닙니다. 어보미네이션입니다."

나이젤은 굳은 표정으로 가리안을 향해 말했다.

"뭐, 뭐라고?"

"저 괴물이 어보미네이션이라는 말입니까?"

나이젤의 말에 일행은 놀란 표정을 지었다.

어보미네이션의 생김새를 몰랐을 뿐, 그 존재 자체를 모르는 건 아니었으니까.

"그럼 큰일 아닙니까? 어보미네이션이라면 분명 흑마법사와 연관이 있을 텐데……."

"맞아."

나이젤은 고개를 끄덕이며 동의했다.

그러자 일행의 얼굴이 어두워졌다.

흑마법사가 연관되어 있다면 사태는 심각해진다.

그것도 시체를 다루는 흑마법사인 네크로맨서라면 더더욱.

'키메라 좀비가 있을 때부터 눈치챘어야 했어.'

키메라 좀비는 시체를 합성한 몬스터이며 연금술로도 만들어 낼 수 있었다.

그 때문에 처음에는 연금술사가 연관되어 있는 줄 알았다.

그런데 흑마법사 중 하나인 네크로맨서의 상징이라고 할 수 있는 어보미네이션이 딱 등장하는 게 아닌가?

"내 생각에는 아무래도 황색단에 네크로맨서가 있는 것 같다."

"잘 알고 있군."

그때 어보미네이션의 등 뒤에서 음울한 목소리가 울려 퍼졌다.

"누구냐!"

가리안이 소리가 들려온 쪽을 노려보며 외쳤다. 일행의 시선

또한 소리가 들려온 쪽을 향했다.

잠시 후 어보미네이션 뒤에서 로브를 뒤집어쓴 한 인물이 모습을 드러냈다.

다름 아닌 황색단의 단장, 크레이들이었다.

"이해할 수 없군. 어째서 너희 영지군이 움직인 거지?"

크레이들은 눈살을 찌푸리며 일행을 바라봤다. 지금껏 영지군의 눈을 피해 은밀하게 계획을 진행시켰다.

그런데 이렇게 불시에 영지군에서 냄새를 맡고 달려올 줄이야.

크레이들의 말에 딜런과 트론은 나이젤을 돌아봤다. 지금 이렇게 일을 벌인 건 나이젤이었으니까.

또한, 황색단이 엔젤 더스트를 퍼트리려고 한 일은 자경단조차 모르는 사실이었다. 말이 나온 김에 일행 모두 궁금한 눈으로 나이젤을 바라봤다.

그리고 이럴 때를 위해 나이젤은 생각해 둔 대답이 있었다.

"믿을 만한 정보원이 있어서."

"역시 배신자가 있었나."

크레이들은 혀를 찼다.

누군가가 배신했다고 지레짐작을 한 것이다.

나이젤 입장에서는 좋은 일이었다.

크레이들의 반응에 일행 모두 고개를 끄덕이며 납득하는 분위기였으니까.

"어쩔 수 없지. 배신자 놈은 나중에 색출하고, 네놈들은 전부 죽일 수밖에."

뒤집어쓰고 있는 로브의 모자 속에서 크레이들의 붉은 눈이 위험하게 빛났다.

그는 이 자리에 있는 일행뿐만이 아니라 지상에 있는 영지군과 자경단, 그리고 황색단원들까지 전부 없앨 생각이었다.

증거를 인멸하기 위해서였다.

황색단 역시 자신의 목적을 이루기 위한 도구에 지나지 않았다.

부단장인 케일런조차 크레이들이 네크로맨서라는 사실을 모르고 있었다.

"웃기지 마라! 네놈 따위에게 우리가 당할 것 같으냐!"

크레이들의 말에 가리안이 호기롭게 외치며 앞으로 나섰다.

노팅힐 영지에서 기사 칭호를 가진 무장 가리안.

어보미네이션이 강한 보스 몬스터라고 해도 가리안보다 약한 존재였다.

그뿐만이 아니라 이곳에는 나이젤도 있었고 실력 있는 일행이 함께하고 있지 않은가?

키메라 좀비 몇 마리와 어보미네이션만으로는 나이젤 일행을 어찌할 수 없었다.

하지만 크레이들은 입가를 비틀며 코웃음을 쳤다.

"흥, 쓰레기 같은 놈들이."

근육 뇌 가리안.

망나니 십부장 나이젤.

무능한 영지군 병사들과 자경단원들.

그리고 전투에 도움이 되지 않는 메이드까지.

크레이들은 눈앞에 있는 일행을 한 명 한 명 바라보며 비웃음을 흘렸다.

"길고 짧은 건 대 보면 알겠지!"

가리안은 장검을 빼 들며 어보미네이션을 향해 달려들었다.

"어리석은 놈!"

크레이들은 손에 쥐고 있던 지팡이를 들어 올리며 마력을 끌어올렸다.

그리고 지면에 지팡이를 내려찍었다.

쿵! 우우웅!

그러자 크레이들의 지팡이에서 기분 나쁜 마력 파동이 터져 나왔다.

"일어나라, 나의 시종들아."

흐워어어어!

크레이들이 흑마법을 사용했는지 바닥에 쓰러져 있던 키메라 좀비들이 괴성을 흘리며 하나둘 일어났다.

그뿐만이 아니라 잘려 나간 팔다리가 다시 붙기까지 했다.

"이런 미친!"

그 모습을 본 딜런은 눈살을 찌푸렸다.

"이런 놈들로는 날 막을 수 없다!"

하지만 가리안은 포기하지 않았다.

번쩍!

어보미네이션을 향해 달려드는 가리안의 장검에서 푸른빛이 흘러나왔다.

백부장 가리안의 고유 능력.

아크틱 템페스트 블레이드!

푸른빛의 궤적이 허공을 수놓을 때마다 차가운 북풍의 칼날이 앞을 가로막는 키메라 좀비들을 얼리고 분쇄했다.

어느덧 어보미네이션 앞에 도달한 가리안은 장검을 내질렀다.

그때 크레이들이 끼어들었다.

"다크 실드."

순간 어보미네이션 앞에 검은 원형 방패가 나타났다. 시전 대상을 보호하는 2클래스 흑마법이었다.

까앙!

어둠의 방패와 장검이 맞부딪치며 날카로운 쇳소리가 울려 퍼졌다.

쩌저적! 파캉!

가리안의 장검에 담겨 있던 차가운 푸른빛 오러가 어둠의 방패를 얼음처럼 얼리며 부숴 버렸다.

"이런!"

하지만 가리안은 혀를 찼다.

방패는 부쉈지만, 공격이 막히고 말았으니까.

쌔액!

그뿐만이 아니라 날카로운 파공성을 내며 어보미네이션의 중형 도끼 두 개가 양쪽 어깨를 노리고 내려쳐 왔다.

예상보다 어보미네이션의 움직임은 기민했다. 또한, 공격 직후 생긴 빈틈을 노리고 어보미네이션이 반격을 해 왔기에 미처 막거나 피할 틈도 없었다.

분명 크레이들이 직접 어보미네이션에게 명령을 내린 것일 터.

그때 가리안 앞으로 장검 두 개가 양옆에서 끼어들었다.

깡! 깡!

"큭!"

"으윽!"

딜런과 트론은 짤막한 신음을 터트렸다. 위기의 순간 그들이
어보미네이션의 중형 도끼를 막아 내며 가리안을 구한 것이다.

다만 예상보다 어보미네이션의 힘이 강한 탓에 손목이 시큰거
렸다.

딜런과 트론이 가리안을 구할 수 있었던 것은 나이젤의 지시
덕분이었다.

혼자보다는 셋이 공격하는 편이 낫고, 또 무슨 일이 생길지
몰랐으니까.

결과적으로 나이젤의 판단이 맞았다.

딜런과 트론을 지원 보내지 않았다면 가리안은 중상을 입었
을 테니 말이다.

크워어어어!

그때 어보미네이션은 괴성을 한차례 내지르며 눈앞에 있는 딜
런과 트론, 그리고 가리안을 노려봤다.

하지만 그것도 잠시.

콰가가가강!

어보미네이션의 중형 도끼 네 개가 현란한 빛을 뿌리며 덮쳐
들었다.

그에 맞서 딜런과 트론, 가리안도 어지럽게 장검을 휘두르며
상대했다.

그들은 어보미네이션을 상대로 비등한 싸움을 벌였다.

'좋아. 저들 셋이면 어떻게든 시간은 벌 수 있겠지.'

신병인 트론은 둘째쳐도, 백부장 가리안과 중급 검병이 된 딜 런이라면 어보미네이션을 상대로 시간을 벌 수 있을 터였다.

자신이 크레이들을 쓰러뜨릴 수 있는 시간을.

'그럼.'

나이젤은 고개를 돌려 크레이들을 노려봤다.

"야, 이 개자식아!"

나이젤은 무영신법을 펼치며 빠르게 크레이들을 향해 달려들 었다.

트리플 킹덤 게임에서 크레이들이 어린아이들을 희생시켰다 는 사실은 잘 알고 있었다.

하지만 모니터 밖에서 그런 일이 있었다는 사실을 보는 것과, 직접 이 세상에서 아이들의 영혼을 보고 느끼는 건 달랐다. 적 어도 나이젤은 이 세계가 현실이라고 느끼고 있었으니까.

"감히 어린애들을 건드려?"

영지에 엔젤 더스트를 퍼트리려고 한 것도 모자라, 어린애들 한테까지 손을 대다니!

용서할 수 없었다.

"이런 건방진 망나니 놈이!"

자신을 향해 욕을 하며 달려드는 나이젤을 본 크레이들은 얼 굴을 일그러트렸다. 그리고 공격 마법을 캐스팅하며 외쳤다.

"콥스 스피어!"

3클래스 흑마법.

콥스 스피어(Corpse Spear).

시체로 만들어진 창을 적에게 투척하는 공격용 흑마법이다. 실험실 바닥에는 크레이들이 흑마법의 재료로 사용할 수 있는 시체들이 널려 있었다.

애초에 이런 상황을 노리고 키메라 좀비들을 풀어놓은 것이다.

키메라 좀비들이 침입자들을 처리하면 더할 나위 없이 좋겠지만, 그렇지 못했을 경우 흑마법을 위한 재료로 쓸 수 있었으니까.

콰직! 콰드득!

크레이들의 앞에서 키메라 좀비 시체 하나가 기괴하게 비틀어지면서 창이 되었다.

뼈와 살로 이루어진 시체의 창!

투학!

이윽고 시체의 창이 나이젤을 향해 쇄도했다. 공간을 가르며 날아드는 시체의 창 너머로 입가에 비웃음이 걸려 있는 크레이들의 얼굴이 보였다.

나이젤은 허리에 찬 장검을 꽉 붙잡았다.

장검은 이미 납검해 둔 상황.

무영검법(無影劍法).

영식(零式) 개(改).

발검(拔劍) 무명 베기(無明斬)!

검집에서 뽑혀 나온 장검이 좌에서 우로 휘둘러지며 허공에 검은 궤적을 남겼다.

콰가가각!

나이젤의 장검이 뼈와 살을 가르며 시체의 창을 가로로 두 조각냈다.

단 일 검에 두 조각난 시체의 창이 나이젤의 등 뒤를 넘어 사라졌다.

그리고 나이젤 앞에 경악한 표정을 짓고 있는 크레이들이 있었다.

"입 벌려, 뒤지기 싫으면."

크레이들의 바로 눈앞까지 들이닥친 나이젤은 진각을 밟으며 오른 주먹을 길게 내질렀다.

무영투법(無影鬪法).

일식(一式), 파쇄붕권(破碎崩拳)!

퍼어억!

"크허어억!"

나이젤의 말에 입을 굳게 다물고 있던 크레이들은 자기도 모르게 입을 벌리며 비명을 내질렀다.

크고 단단한 이물감이 배 속을 깊숙이 찔러 들어왔기 때문이다.

그리고 뒤로 몇 미터 정도 허공을 날며 토사물을 흩뿌렸다.

'마, 말도 안 돼!'

크레이들은 지금 상황을 이해할 수 없었다. 시체의 창이 쏘아졌을 때까지만 해도 나이젤을 꿰뚫을 거라 일말의 의심조차 하지 않았다.

조심해야 될 인물은 기사 칭호를 가진 무장 가리안뿐이라고 생각했으니까.

그런데 지금 상황은 대체 무엇이란 말인가?

"이 버러지 같은 망나니 새끼가!"

크레이들은 붉은 눈을 섬뜩하게 빛내며 자리에서 벌떡 일어났다.

여전히 배 속이 뒤집어질 것처럼 아팠지만, 쓰레기 같은 망나니 놈에게 맞았다는 사실이 더 자존심 상했다.

"찢어 죽여 주마!"

크레이들은 지팡이를 치켜들었다.

그러자 크레이들을 중심으로 섬뜩함이 느껴지는 검은 마력 파동이 맥박 뛰듯 터져 나왔다.

그에 호응하듯 실험실 바닥에 쓰러져 있던 키메라 좀비들이 경련했다.

타닥! 타다닥!

바닥에서 경련하는 키메라 좀비들이 마치 자석에 이끌리듯 어보미네이션을 향해 움직였다.

"뭐, 뭐야?"

한참 어보미네이션을 상대하던 딜런과 트론, 그리고 가리안은 화들짝 놀라며 뒤로 물러섰다.

키메라 좀비들이 어보미네이션을 향해 찰싹 달라붙으며 흡수되어 갔기 때문이다.

"이건 또 무슨……"

나이젤은 눈살을 찌푸렸다.

사실 나이젤은 반신반의하고 있었다.

트리플 킹덤 게임 속에서 노팅힐 영지의 황색단 단장으로 등장하는 크레이들은 오리지널 캐릭터이며 바람 속성의 마법사였다.

그런데 시체들을 이용한 흑마법을 사용할 줄이야?

나이젤은 크레이들의 정보를 확인해봤지만 별다른 특이점은 없었다.

크레이들은 마법사이었기에 타입은 문관이었고, 클래스는 매지션이었다.

다만, 고유 능력은 A급 마나 컨트롤로, 네크로맨서와 연관성이 있긴 했다.

마나 컨트롤로 시체들을 조종할 수 있었으니까.

'능력치는 그냥저냥이고.'

나이젤은 혹시나 싶어 크레이들의 능력치를 다시 확인해 봤다.

법력(61/66), **통솔**(68/70).
지력(50/52), **마력**(58/64).
정치(48/53), **매력**(52/55).

크레이들의 전반적인 능력치는 좋다고 할 수는 없었지만, 그렇다고 나쁘지도 않았다.

현재 능력치만 보면 루크와 비슷한 수준이지만 잠재력 한계치가 낮았다.

그리고 클래스가 매지션이었기에 무력이 법력으로 바뀌어 있었다.

간단히 말해서 클래스가 전사 쪽이면 무력이고, 마법사 쪽이면 법력이라고 생각하면 된다.

마력은 마나 보유량이고 말이다.

일단 전반적인 능력치는 나이젤이 알고 있던 사실과 비슷했다.

단지 흑마법을 사용하고 있다는 사실이 다를 뿐.

"뭐 해? 빨리 공격하지 않고!"

나이젤은 멍한 표정으로 어보미네이션을 바라보고 있는 일행을 향해 소리쳤다.

굳이 흡수가 끝날 때까지 기다려 줄 필요는 없었으니까.

"아."

그제야 정신을 차린 일행이 키메라 좀비들을 흡수하고 있는 어보미네이션을 공격하기 시작했다.

"어딜!"

하지만 크레이들이 가만히 있지 않았다. 어보미네이션 앞에서 지팡이를 휘두르며 방어 마법을 펼쳤다.

깡! 까강!

"비겁한 놈들! 흡수 중일 때를 노리다니!"

"네가 할 말은 아니지."

나이젤은 일행과 함께 크레이들이 흑마법으로 만든 반구형의 방어막을 깨부수기 위해 검을 휘둘렀다.

어보미네이션이 키메라 좀비들을 완전히 흡수하기 전에 끝장 낼 생각이었다.

쩌적! 챙그랑!

불과 1분도 되지 않아 크레이들의 방어막은 유리처럼 박살 나며 흩어졌다.

"크아악!"

방어막이 박살 나는 충격을 이기지 못하고 크레이들이 나가떨어졌다.

"그럼."

나이젤은 눈앞에 있는 어보미네이션을 노려보며 자세를 낮췄다.

다른 일행 또한 공격 자세를 취하며 검을 치켜들었다.

그 순간.

크워어어어어엉!

어보미네이션이 어마어마한 괴성을 내질렀다.

"크윽!"

묵직한 저음이 일행을 후려쳤다.

그 때문에 트론과 칼리언은 짤막한 비명을 지르며 뒤로 밀려났다.

"늦은 건가?"

나이젤은 혀를 차며 어보미네이션을 노려봤다.

[경고! 2성 보스 어보미네이션의 등급이 3성으로 상승합니다. 능력치가 대폭 상승하고 특기가 강화됩니다.]

[진화한 어보미네이션]

[등급] 3성 보스.

[타입] 파워.

[능력치]

무력: 78, 통솔: 30.

지력: 15, 마력: 55.

[특기] 에이트 암즈(C), 맹독 뱉기(C), 강철 피부(C), 괴력(C).

키메라 좀비들을 흡수한 어보미네이션의 외형이 변했다.

전체적으로 덩치가 약간 더 커졌고, 등에서 팔이 네 개 더 생겨났으며 피부는 강철처럼 단단해졌다.

'어쩐지 일이 쉽게 풀린다 싶더니만.'

나이젤은 속으로 한숨을 내쉬었다.

어보미네이션은 외형뿐만이 아니라 능력치와 특기 또한 대폭 강화되었기 때문이다.

무력만 놓고 봐도 가리안보다 강했으며, 특기 또한 한 등급이 상승하고 두 개가 더 늘어났다.

2성이었을 때와는 격이 달랐다.

"모두 죽여라!"

진화한 어보미네이션 뒤에서 크레이들은 회심의 미소를 지으며 명령을 내렸다.

크워어어어!

어보미네이션은 괴성을 지르며 일행을 향해 달려들었다.

"피해라!"

가리안을 시작으로 일행은 좌우로 몸을 날렸다.

콰콰콰콰쾅!

그 직후 어보미네이션은 실험실 내부에 있던 테이블을 부수며 돌진해 왔다.

어보미네이션은 전반적으로 강해졌지만 머리는 여전히 둔한 모양이었다.

"허."

어보미네이션의 돌진을 피한 가리안은 뒤를 돌아보며 놀란 표정을 지었다. 어보미네이션이 지나간 자리가 초토화되어 길이 뻥 뚫려 있었기 때문이다.

크워어어어어!

어보미네이션은 다시 일행을 향해 몸을 돌리며 도끼를 들고 있는 두 쌍의 팔을 제외한 나머지 두 쌍의 팔로 주변에 있던 물건들을 마구 던지기 시작했다.

나이젤을 비롯한 일행은 날아오는 물건들을 피하거나, 근처에 있던 책상을 엄폐물로 삼았다.

"다크 스피어!"

그때 옆에서 크레이들의 목소리가 들려왔다.

고개를 돌린 그곳에 흑마력으로 생성되고 있는 창이 하나 보였다.

"가리안 백부장님!"

"알겠다!"

나이젤의 외침에 가리안이 크레이들을 견제하기 위해 붙었다.

잠시 후, 가리안의 고유 능력인 아크틱 템페스트 블레이드와 크레이들의 흑색 창이 맞부딪쳤다.

그사이 나이젤은 나머지 일행과 함께 3성 보스로 진화한 어보미네이션을 상대하기 시작했다.

*   *   *

얼마나 시간이 흘렀을까.

상황은 좋지 않았다.

크레이들은 가리안을 상대로 무리하지 않고 착실히 시간을 끌었다.

어보미네이션이 일행을 몰살시킬 거라고 믿어 의심치 않았으니까.

시간이 흐를수록 어보미네이션을 상대하는 이들이 지쳐 갔으며, 적지 않은 상처를 입었다.

그럼에도 나이젤의 지휘 하에 어떻게든 버티면서 어보미네이션에게 피해를 입혔다. 하지만 시간을 끌수록 불리해지는 건 일행 쪽이었다.

'빨리 끝내야 돼.'

나이젤은 눈앞에 있는 어보미네이션을 노려봤다.

머지않아 지상을 정리한 영지군 병사들이 지하로 내려올 터.

그 전에 끝을 봐야 했다.

일반 병사들이 내려와 봤자 도움은커녕 큰 피해를 입을 수 있었으니까.

어보미네이션을 수월하게 상대하려면 최소 수십 명이 넘는 병사들이 넓은 장소에서 싸워야 하는데, 지하 실험실은 협소했다.

넓지 않은 장소에서 일반 병사들이 소수 인원으로 어보미네이션과 싸워봐야 피해만 생길 뿐이었다.

크워어어어어!

순간 어보미네이션이 길게 포효하며 다섯 개의 팔을 사방으로 휘둘렀다.

이미 나이젤이 팔 세 개를 잘라놓았으니까.

콰쾅! 콰콰쾅!

이윽고 어마어마한 괴력으로 다섯 개의 팔이 지면을 강타하자 펑음과 함께 충격파가 일행을 덮쳤다.

"큭!"

일행은 짤막한 신음을 터트리며 뒤로 물러섰다.

그들로서는 괴력을 발휘하는 다섯 개의 팔을 뚫고 들어가기도 힘들었고, 설령 뚫고 들어가도 강철 같은 피부 때문에 유효타를 먹이기도 힘들었다.

그렇다고 거리를 너무 벌릴 수도 없었다.

투학!

"산성 독이다! 모두 피해!"

흉측하게 생긴 어보미네이션의 배에 달린 입에서 초록색 물질이 튀어나오자 나이젤은 다급히 소리쳤다.

그 말에 일행은 또 지친 몸을 억지로 일으키며 사방으로 흩어졌다.

일정 거리 이상 떨어지면 산성 독을 내뱉기 때문에 까다롭기 짝이 없었다.

'설마 마지막에 저런 놈이 나올 줄이야.'

나이젤은 혀를 찼다.

고급 주점 블랙 애플에서, 이미 황색단 간부들과 싸운 탓에 꽤 지친 상태였다.

황색단의 아지트로 오면서 어느 정도 회복하긴 했지만 완벽하진 않았다.

그래서 상황을 두고 봤다.

자신은 혼자가 아니었으니까.

'슬슬 한계인가?'

나이젤은 부하들을 돌아봤다.

딜런을 시작으로 다들 꽤 지쳐 보였다. 그에 반해 어보미네이션은 팔이 세 개 날아가고 전신에 자잘한 상처를 입은 것 외에는 아직 팔팔했다.

이대로 시간이 흐르면 자신들이 먼저 나가떨어질 터.

그렇다면.

"시간 벌어."

"예?"

딜런이 의아한 표정으로 나이젤을 돌아봤다.

그런 그에게 나이젤은 나직한 목소리로 말했다.

"저놈은 내가 잡는다. 그러니까 시간 벌어."

"설마 또 그걸 쓰실 생각입니까?"

"안 됩니다!"

대번에 딜런과 트론의 눈빛이 변했다. 나이젤이 무엇을 하려는 건지 눈치챈 것이다.

"제, 제가 잡을게요."

카테리나는 아예 한술 더 떴다.

그러자 딜런과 트론이 가늘게 뜬 눈으로 그녀를 바라봤다.

그들의 눈빛에 굴하지 않고 카테리나는 비장한 표정으로 창을 꼭 붙잡으며 나이젤을 바라봤다.

확실히 그녀의 재능이라면 어보미네이션을 잡을 수 있겠지.

하지만 오늘은 아니었다.

"그럼 내가 안 나서게 너희들이 좀 강해지든가."

"안 그래도 그럴 겁니다."

"나이젤 백부장님보다 더 강해질 겁니다."

딜런과 트론은 결연한 표정으로 말했다. 그들의 모습에 나이젤은 쓴웃음이 나왔다.

"그럼 오늘은 나한테 맡겨라."

여기서 저놈을 쓰러트리지 못하면 모두 다 죽는다.

그러니 한계에 도전할 수밖에 없다.

나이젤은 주먹을 꽉 움켜쥐며 어보미네이션을 노려봤다.

그런 나이젤의 뒤에서 딜런과 트론은 안절부절못하며 몸을 들썩였다.

마음 같아서는 자신들이 어보미네이션을 때려잡고 싶었지만, 그럴 수 없었으니까.

이번에도 나이젤에게 맡길 수밖에 없다는 생각에 팔이 부들부들 떨렸다.

결국 딜런이 겨우 입을 열며 한마디 했다.

"무리하지 마십시오."

"내 걱정은 말고 너희들이나 조심해라. 괜히 애먼 데 다치지 말고."

"예."

그 말을 끝으로 딜런과 트론은 루크와 칼리언에게 눈짓하며 어보미네이션을 향해 달려들었다.

나이젤이 고유 능력 임팩트를 사용하려면 그들이 미끼 역을 해 주어야 했으니까.

그리고 카테리나는 나이젤의 바로 앞에 서며 만일의 사태에 대비했다.

[액티브 스킬, 육체 강화(E)를 발동합니다!]
[나이트 하운드 까망이가 단단해지기(F) 스킬을 사용합니다!]

'으음.'

육체 강화 효과로 전신에 짜릿한 활력이 돌았다.

그리고 까망이의 스킬 효과로 얇고 검은 막이 나이젤의 오른 팔을 감쌌다.

신체를 강화시키는 스킬 콤보였다.

이외에도 다양한 스킬 콤보를 구사할 수 있지만, 아직 스킬 슬롯이 적은 탓에 제한되어 있었다.

지금보다 상점 등급을 올리게 되면 무영류 스킬 이외에 다양한 스킬들을 조합해서 콤보를 만들 생각이었다.

스킬 슬롯을 늘리거나, 혹은 기존 스킬들을 특정 조건에 맞춰 융합시킬 수 있었으니까.

[임팩트 출력 상승 중. 30%… 35%…….]

'큭!'

출력이 상승할수록 나이젤의 오른팔에서 검은 기운이 짙게 너울너울 피어올랐다. 마치 제어하기 힘든 봉인된 힘이 풀려나는 것처럼.

하지만 나이젤은 계속해서 출력을 한계치까지 끌어올렸다.

그리고 일행이 견제하고 있는 어보미네이션을 노려보며 바닥을 박찼다.

쾅!

지하 실험실 전체가 살짝 흔들리는가 싶더니 나이젤의 모습이 사라졌다.

어보미네이션을 향해 질풍처럼 쇄도하고 있었으니까.

[브레이크 임팩트 출력 49.9%!]

잠시 후, 검은 기운이 흑염처럼 피어오르던 나이젤의 오른팔이 어보미네이션을 향해 날아들었다.

Chapter

3

나이젤은 쏜살같이 어보미네이션을 향해 내달렸다.

쉬익!

그러자 위기감을 느낀 어보미네이션이 두 팔로 나이젤을 내려 쳤다.

다른 팔들은 나머지 일행의 공격을 방어하고 있었기에, 급한 대로 두 팔을 이용해서 먼저 나이젤을 견제하려고 한 것이다.

하지만 나이젤은 유운보로 물 흐르듯 몸을 회전하며 어보미네이션의 팔을 피해 내더니 품속으로 파고들었다.

그리고 회전력을 살린 채로 어보미네이션의 다리를 향해 달려들며 발을 내뻗었다.

무영투법(無影鬪法).

이식(二式), 무영선풍퇴(無影旋風腿)!

퍼억!

크워어어어어어!

나이젤의 다리가 어보미네이션의 종아리를 파고들며 뼈와 살을 분쇄했다.

무영선풍퇴는 로우킥이었다.

상대의 다리를 공격해서 무력화시킬 수 있었다.

그뿐만이 아니다.

쿵!

어보미네이션은 나이젤에게 공격당한 다리가 박살 나면서 무릎을 꿇었다.

덕분에 어보미네이션의 가슴이 공격하기 딱 좋은 위치까지 내려왔다.

그때를 놓치지 않고 나이젤은 주먹을 내질렀다.

무영투법(無影鬪法).

일식(一式), 파쇄붕권(破碎崩拳)!

쾅!

나이젤의 오른 주먹이 어보미네이션의 가슴을 파고들면서 충격파와 함께 굉음이 터져 나왔다.

크워어어억!

그 강렬한 일격에 믿기지 않는 일이 일어났다.

어보미네이션의 거체가 마치 거인의 철퇴라도 맞은 것처럼 튕겨져 날아간 것이다.

쿠구구구궁!

튕기듯 날아간 어보미네이션은 지하 실험실 벽에 처박혔다.

그 때문에 지하 실험실이 무너질 것처럼 흔들렸다.

흐어, 흐어어어어.

몸의 절반 이상이 실험실 벽에 박힌 어보미네이션은 헐떡이듯 숨을 길게 내쉬었다.

툭.

그리고 그걸로 끝이었다.

이내 어보미네이션의 몸이 축 늘어지더니 미동도 하지 않았다.

[축하합니다. 당신은 3성 보스 진화한 어보미네이션을 처치하셨습니다! 보상으로 3,000전공 포인트를 지급합니다!]

"쿨럭!"

털썩.

어보미네이션을 처치했다는 시스템 메시지까지 확인한 나이젤은 피를 토하며 한쪽 무릎을 꿇었다.

충격파의 영향으로 오른팔 뼈에 금이 가 있었고, 전신이 두들겨 맞은 것처럼 아팠다.

그럼에도 나이젤이 무영투법으로 임팩트를 쓴 이유는 피해를 최소화할 수 있기 때문이다.

까망이의 방어 스킬인 단단해지기는 여러 곳에 분산시키기보다 한쪽에 집중시키는 편이 방어력을 더 얻을 수 있었다.

그리고 장검이나 무기로 임팩트를 사용하면 파괴될 확률이 높았다.

"마, 말도 안 돼!"

가리안과 드잡이질을 하던 크레이들은 놀란 표정을 지었다.

언데드 소환수 어보미네이션은 크레이들이 준비한 최강의 패였다.

그런데 고작 몇 명도 안 되는 노팅힐 영지군 병사들에게 패배할 줄이야!

"돼!"

가리안은 검 손잡이로 크레이들의 얼굴을 후려쳤다.

"컥!"

얼굴을 강타당한 크레이들은 비명을 지르며 나가떨어졌다.

어보미네이션이 쓰러졌다는 사실에 정신적 충격을 받고 빈틈을 보이고 만 것이다.

그 덕분에 크레이들이 꾹 눌러쓰고 있던 로브의 모자가 벗겨졌다.

'역시.'

크레이들의 얼굴을 확인한 나이젤은 확신했다.

"네놈 크레이들이 아니지?"

"예?"

나이젤의 말에 일행이 무슨 소리냐며 놀란 얼굴로 돌아봤다.

"저놈이 황색단 단장 크레이들이 아니란 말입니까?"

루크가 믿을 수 없다는 표정으로 물었다.

"아니, 황색단 단장인 건 맞아. 다만 본명이 다를 뿐이지."

루크의 말에 답한 나이젤은 크레이들을 노려봤다.

"그렇지 않나? 테오도르 라인리히."

"헉! 그, 그걸 어떻게?"

나이젤의 말에 크레이들, 아니 테오도르는 경악한 얼굴로 눈을 부릅떴다.

사실 나이젤은 크레이들의 정보 창을 확인했을 때 눈치챘었다.

이름이 달랐기 때문이다.

하지만 그런 사실을 알 리 없는 테오도르와 일행은 놀란 표정으로 나이젤을 바라봤다.

특히 테오도르는 더더욱 믿을 수 없었다. 황색단의 단원들조차 자신의 본명을 모르고 있었으니까.

"어째서 네놈이 이곳에 있는 거지?"

나이젤은 차가운 눈으로 테오도르를 노려봤다. 게임에서 황색단은 단순한 뒷세계 조직에 지나지 않는다.

그리고 플레이어가 황색혁명 이벤트를 클리어하면, 단장인 크레이들과 간부 몇 명만 겨우 살아남아 노팅힐 영지에서 도망치게 된다.

그 후 황색단은 말 그대로 공중분해가 되어 사라지면서 끝이 난다.

그런데 지금 단장인 크레이들의 자리에는 테오도르가 있었다.

그래서 더 문제였다.

테오도르 라인리히가 어떤 인물인지 잘 알고 있었으니까.

"오벨슈타인 공작가의 개가 어째서 우리 영지에 있는 거냐?"

프리츠 폰 오벨슈타인.

트리플 킹덤 게임에서 슈테른 제국의 공작이다.

삼국지로 치면 동탁 포지션의 인물이었고, 테오도르는 동탁 휘하 무장 중 한 명인 장제 포지션의 인물이었다.

　그런데 어째서 오벨슈타인 공작가의 수하 중 한 명인 테오도르가 노팅힐 영지에 있는 것일까?

　"오벨슈타인 공작가라니? 무슨 소리를 하는 건지 모르겠군."

　테오도르는 오벨슈타인 공작가라는 말이 나오자 모르는 척 발뺌했다.

　자신의 정체가 탄로 난 건 둘째쳐도 오벨슈타인 공작가와 연관되어 있다는 사실만큼은 숨겨야 했으니까.

　"이제 와서 숨기려고 해 봐야 헛수고다. 네놈이 오벨슈타인 공작가와 연관되어 있다는 사실은 이미 알고 있으니까. 지하 실험실을 뒤지다 보면 증거가 나오겠지."

　빛의 속도로 태세 전환을 하며 발뺌하는 테오도르의 모습에 나이젤은 비웃음을 흘렸다.

　트리플 킹덤 게임에서 테오도르가 오벨슈타인 공작가의 무장으로 등장한다는 사실은 진즉에 알고 있었으니까.

　비록 그다지 큰 비중은 없었지만.

　문제는 역시 테오도르 뒤에 프리츠 폰 오벨슈타인 공작이 있다는 사실이었다.

　'대체 무슨 생각을 하고 있는 거지?'

　트리플 킹덤의 시나리오는 삼국지를 따라간다.

　몬스터 브레이크 시나리오가 끝날 때쯤, 황제가 병사하고 어린 황태자가 즉위한다.

　그리고 프리츠 공작이 황태자가 어리다는 이유로 섭정이 되는

데, 그 때문에 귀족들 사이에 반목이 생겨나 내전이 시작된다.

내전은 크게 오벨슈타인 공작파와 체스터 공작파로 나뉘며, 중앙 귀족 세력을 양분하는 내전으로 인해 결국 제국은 멸망한다.

그로 인해 각 지역을 다스리는 지방 귀족들이 들고일어나면서 군웅할거의 시대가 열리게 되는 것이다.

나이젤은 그 전에 노팅힐 영지의 충분히 세력을 강화시킬 생각이었다.

'문제는 오벨슈타인 공작인데…….'

그런데 그때가 오기도 전에 오벨슈타인 공작가의 휘하인 테오도르가 노팅힐 영지에서 수작질을 부리고 있었다.

대체 무슨 목적으로 오벨슈타인 공작은 노팅힐 영지에 테오도르를 보낸 것일까?

그리고 삼국지의 동탁인 오벨슈타인 공작이 엮여 있다면 필연적으로 떠오르는 인물이 있었다.

삼국지 최강의 무장, 여포 봉선.

트리플 킹덤에서도 여포 포지션인 인물이 존재한다.

현재 그 인물은 슈테른 제국 내에서 S급 용병단을 이끌고 있었다.

아직 오벨슈타인 공작가의 휘하로 들어가려면 시간이 남아 있는 상황.

그러니 그 전에 나이젤이 영입해야 되는 무장이었다.

'영입을 하긴 해야 하는데…….'

나이젤은 살짝 미간을 찌푸렸다.

삼국지에서 여포는 강대한 무력을 가진 사납고 용맹한 무장으로 등장한다.

트리플 킹덤에서도 마찬가지다.

다만, 삼국지의 여포보다 더 위험한 성격을 가지고 있을 뿐.

그 때문에 적으로 돌려서도 안 되고 영입하기도 까다로운 무장이었다.

하지만 나이젤은 트리플 킹덤을 백 번이나 플레이했다.

당연히 공략법을 알고 있었다.

'일단 그 전에······.'

"네놈이 알고 있는 걸 전부 말해라."

나이젤은 테오도르를 노려봤다.

트리플 킹덤과 상황이 달라졌다.

대규모 DLC 파일을 업데이트하면서 상황이 달라진 건지, 아니면 다른 요인 때문인지는 알 수 없었다.

일단 테오도르가 알고 있는 정보를 얻을 필요가 있었다.

"우선 아리아가 어디에 있는지부터 시작해 볼까?"

불안한 표정을 짓고 있는 테오도르를 향해 나이젤은 위험한 미소를 지어 보였다.

*   *   *

[축하합니다! 당신은 돌발 이벤트 황색단의 음모를 클리어하셨습니다!]

[보상으로 전공 포인트 2,000, 명성이 100포인트 상승하고, 성채

도시 치안이 25포인트 증가합니다!]

테오도르를 붙잡자 남아 있던 황색단 단원들은 전원 항복했다.

또한 테오도르를 통해 아리아가 붙잡혀 있던 장소를 알아내 구출했다.

그 결과 나이젤의 시야에 돌발 이벤트를 클리어했다는 시스템 메시지가 떠오르면서 보상이 주어졌다.

'나쁘지 않아.'

나이젤은 만족스러운 미소를 지었다.

귀찮음을 무릅쓰고 직접 뛰어다닌 보람이 있었기 때문이다.

무엇보다 성채 도시에서 발생할 엔젤 더스트 사건을 미리 해결했다는 사실이 중요했다. 그로 인해 발생할 골치 아픈 문제들이 사라지게 되었으니까.

그리고 황색단 사건을 해결하면서 유능한 인재들을 영입할 수 있었다.

자경단 비질란테를 영지군으로 편입시킨 것이다.

또한, 자경단장 루크는 당초 목적대로 인사부장 자리에 꽂아 넣었다.

적당히 머리가 좋고, 적당히 매력도 있으며, 마음 편하게 굴릴 수 있는 인물이었으니까.

'문제는 그녀지.'

녹풍의 궁수, 아리아.

나이젤은 물끄러미 시선을 아래로 내렸다.

그러자 하얀 침대에 누워 있는 아리아의 모습이 보였다.

창백한 안색의 하얀 얼굴과 밝은 연두색 머리카락이 아름다운 그녀.

자줏빛 크리스틸 속에서 구출된 그녀는 하루가 지난 지금까지 정신을 잃고 병실에 누워 있었다.

충격적인 사실을 알았기 때문이다.

그녀가 지키려고 했던 아이들이 이미 죽고 없다는 사실을……

"언제까지 누워 있을 거냐, 아리아 플로렌스."

전(前) A급 헌터, 녹풍의 아리아.

그녀는 아이들이 죽었다는 사실에 충격을 받고 쓰러졌다.

거기다 몸 상태도 상당히 좋지 않았다.

자줏빛 크리스틸 속에서 테오도르에게 피와 마나를 뽑혔으니까.

다름 아닌 엔젤 더스트를 제조하기 위해서.

테오도르는 인간과 엘프 사이에서 태어난 그녀의 피와 마나를 이용해서 획기적인 강화 물약을 만들어 냈다.

중독성이 강하지만 복용자의 신체 능력을 향상시키는 일종의 각성제.

하지만 아크 대륙에서 하프 엘프는 손에 꼽을 정도로 적었다.

그렇기에 테오도르는 신중하게 아이들을 인질로 삼아서 그녀를 붙잡았다.

그리고 그녀를 자줏빛 크리스틸 속에 집어넣고 매일 일정량의 피와 마나를 뽑아냈던 것이다.

그 때문에 그녀는 쇠약해져 있었다.

하지만 머지않아 몸과 마나는 회복될 것이고 정신을 차리는 날이 올 터.

문제는 그녀가 깨어날 의지를 갖고 있느냐, 없느냐였다.

그녀가 지키려 했고, 그녀의 전부였던 아이들은 이제 없었으니까.

그러나…….

"아이들을 생각한다면 포기하지 마라."

나이젤은 침대 옆에 있는 테이블에 사과 하나를 올려 두고 몸을 돌렸다.

이제 남은 건, 그녀에게 달렸다.

이대로 계속 깨어나지 않을 건지, 아니면 다시 눈을 뜰 건지.

나이젤은 병실을 나섰다.

팟.

그 직후 나이젤이 남기고 간 사과가 미약한 하얀 빛을 발하기 시작했다.

하나둘 형상을 이루기 시작하는 순수한 백색의 빛들.

이윽고 반투명한 빛으로 이루어진 열 살 남짓한 어린아이들이 손을 잡고 아리아를 바라보았다.

그녀가 지키고 싶었지만 지켜 주지 못했던 고아원의 작은 아이들.

아이들은 기다려 왔다.

자신들을 지키기 위해서 고통받고 있는 어머니.

아리아를 구해 줄 사람을.

그래서 노력했다.

어른들에게 욕을 듣고, 매를 맞아도 엔젤 더스트 사과를 훔쳤다.

　아팠다.

　힘들었다.

　하지만 포기하지 않았다.

　언젠가 자신들을 알아주고 어머니를 구해 줄 사람이 나타날 때까지.

　그리고 이제 그녀는 구원받았다.

　한 명, 한 명 아이들은 아리아의 손을 붙잡았다.

　따스한 온기가 느껴졌다.

　그제야 아이들은 환한 미소를 지었다.

　파아앗!

　순간 아이들에게서 새하얀 빛이 터져 나왔다.

　그 속에서 아이들의 목소리가 울려 퍼졌다.

　─고마워요, 마더 아리아.

　─우리들을 사랑해 줘서.

　하얀 빛은 이내 사라져 갔다.

　그리고 사그라지는 하얀 빛처럼 아이들의 목소리도 멀어져 갔다.

　하지만 아이들의 목소리를 듣기라도 한 걸까.

　눈을 감고 있는 아이들의 어머니.

　마더 아리아의 눈가에 한 줄기 눈물이 흐르고 있었다.

                    *   *   *

영주성 내의 나이젤 집무실 안.

지금 그곳에서 나이젤은 루크와 독대를 하고 있었다.

"감사합니다."

아침 일찍 나이젤을 찾아온 루크는 고개를 숙여 보였다.

"감사는 무슨. 너무 신경 쓰지 마."

"아닙니다. 나이젤 백부장님이 아니었으면 어머니를 구하지 못했을 테니까요."

루크는 고마운 눈으로 나이젤을 바라봤다. 나이젤 덕분에 오랜 숙원을 이룰 수 있었으니까.

어린 시절을 고아원에서 보낸 루크는 아리아에게 신세를 졌었다.

그렇기에 아리아는 그에게 있어서 어머니와도 같은 존재였다.

그런데 어른이 되어 노팅힐 영지를 나갔다가 돌아와 보니, 황색단이 고아원을 본거지로 삼고 있는 게 아닌가?

루크는 당장 자경단을 조직하고 황색단과 대립하며 물밑에서 전쟁을 벌이기 시작했다.

하지만 쉽지 않았다.

비록 황색단이 노팅힐 영지군과 전쟁을 벌인 후 세력이 약해졌다지만, 자경단이 어떻게 할 수 있을 정도로 녹록하지는 않았으니까.

이러지도 못하고 저러지도 못한 채 시간만 흘러갔다.

그런데 나이젤 덕분에 자신의 집이라고 할 수 있는 고아원을 되찾았으며, 황색단을 괴멸시켰고, 어디에 있는지조차 알 수 없었던 마더 아리아까지 구출해 낸 것이다.

고마울 수밖에 없었다.

'이럴 줄 알았으면 진작 영지군에 도움을 청해 볼 것을……'

루크는 씁쓸한 미소를 지었다.

자경단을 조직할 당시, 황색단을 뿌리 뽑지 못한 영지군을 믿을 수 없었다.

그래서 자신이 직접 영지군 대신 황색단을 뿌리 뽑으려고 했던 것이다.

그 결과 오랜 시간 마더 아리아를 황색단의 손에 놔두고 말았다.

그나마 다행인 점은 황색단에서 구출된 아리아가 현재 정신을 차리고 순조롭게 회복 중이라는 사실이었다.

"정말 감사합니다."

루크는 다시 한번 나이젤에게 고개를 숙이며 감사를 표했다.

그때 나이젤의 시야에 시스템 메시지가 떠올랐다.

[노팅힐 영지의 인사부장 루크가 당신에게 감사함을 느낍니다. 호감도가 20 상승합니다.]
[루크의 호감도가 80을 돌파했습니다. 인사부장 루크가 당신을 친밀하게 생각합니다.]

'역시 남자한테 호감받는 건 좀……'

메시지를 확인한 나이젤은 살짝 쓴웃음을 지었다.

호감도 메시지는 볼 때마다 적응이 되지 않았다.

여자라면 또 모를까.

"해야 할 일을 했을 뿐이야. 그렇게 고마우면 앞으로 잘하든가."

"맡겨만 주십시오."

"그래, 기대하지, 루크 인사부장."

자신만만한 표정으로 말하는 루크를 향해 나이젤은 미소를 지으며 답했다.

하지만 과연 루크는 알까?

앞으로 루크는 노팅힐 영지의 인사부장으로 정말 아주 열심히 구르게 될 것이라는 것을.

사실상 루크를 굴리기 위해서 인사부장에 임명한 것이라 해도 과언이 아니었다.

그는 자경단, 비질란테를 이끌면서 여러 해악을 끼쳐 왔으니까.

감옥에 가둬두기보다 영지 발전을 위해 부려 먹는 편이 훨씬 유용했다.

그 일환으로 자경단원들도 영지군으로 편입시킨 것이다.

하지만 그 사실을 모르는 루크는 그저 고마운 눈으로 나이젤을 바라보고 있을 뿐이었다.

'좋아, 이제 인사부장 영입은 끝났고.'

아직 정식으로 임명식을 하진 않았지만 이미 기정사실화된 상태였다.

[축하합니다. 당신은 노팅힐 영지의 내정 부서 중 하나인 인사부장 임명을 완료했습니다. 보상으로 1,000 전공 포인트를 획득합니다.]

약식으로 루크를 인사부장에 임명하자 영지 미션 내정 부서가 갱신되면서 보상이 주어졌다.

시스템도 루크를 인정한 상황.

"그럼 이제 놈을 만나러 가야겠군."

나이젤은 표정을 굳히며 말했다.

황색단의 단장 크레이들을 사칭한 테오도르 하인리히.

지금 그는 영주성 지하 감옥에 갇혀 있었다.

놈에게서 알아낼 정보가 있었으니까.

"동행하도록 하겠습니다."

루크의 말에 고개를 끄덕인 나이젤은 집무실을 나섰다.

* * *

황색단 사건이 마무리된 후.

단원들은 전원 사형에 처했다.

테오도르 아래에서 놈들이 저지른 수많은 악행이 적나라하게 밝혀졌기 때문이다.

그중 가장 큰 죄는 고아원의 어린아이들을 강제 노역에 투입시키고, 아동 인권을 침해하였다는 사실이었다.

그것만으로도 사형에 처하기 충분했다.

하지만 뒤에서 황색단을 조종했던 테오도르는 지하 감옥에 가둬두었다.

어두운 지하 감옥 안.

벽에 걸린 횃불이 어지럽게 흔들리며 을씨년스러운 감옥을 밝히고 있었다.

철그럭철그럭.

지하 감옥 안쪽에서 쇠사슬이 부딪치는 소리가 들려왔다.

바로 그곳에 테오도르가 있었다.

"몸은 좀 어때?"

나이젤은 눈앞에 있는 테오도르를 바라봤다. 테오도르는 감옥 벽에 달린 쇠사슬에 묶여 있었다.

구타당한 흔적들이 전신에 남아 있었으며 초췌한 표정이었다.

하지만 눈빛만큼은 형형했다.

"날 고문한다고 해도 아무것도 알아내지 못⋯⋯."

빡!

순간 나이젤의 손이 테오도르의 입을 후려쳤다. 테오도르의 입술이 터지며 피가 튀었다.

"닥쳐. 넌 묻는 말에 대답만 하면 돼."

나이젤은 싸늘한 눈으로 테오도르를 노려봤다.

황색단의 범죄를 파악하기 위해, 고아원을 조사하던 중 아이들이 묻혀 있는 장소를 찾아냈다.

사과나무 아래였다.

"어째서 아이들을 죽였지?"

"이용하기 좋았으니까."

아무도 찾는 사람이 없는 고아원의 아이들.

테오도르의 계획에 안성맞춤이었다.

그래서 이용했다.

A급 헌터인 아리아를 붙잡는 데 인질로 이용했고, 강제로 노동 착취를 했으며, 엔젤 더스트를 개발하기 위해 초기 임상실험용으로도 썼었다.

그리고 끝내는 사과나무 아래에 묻은 거다.

"네놈이 그러고도 사람이냐? 쓰레기 새끼야!"

빡!

나이젤은 다시 한번 테오도르의 얼굴을 건틀렛으로 후려갈겼다.

"퀵!"

테오도르의 고개가 옆으로 돌아가며 입안에서 피가 한 움큼 튀어나왔다.

하지만 테오도르는 기분 나쁜 웃음을 흘렸다.

"그게 뭐 어때서? 이용할 수 있으니까 이용했을 뿐이다. 당하는 놈이 멍청한 거지."

테오도르는 당연하다는 표정으로 말했다.

그에게 인간은 두 가지 부류였다.

이용하거나, 혹은 이용당하거나.

"이런 미친놈이!"

그때 나이젤 옆에서 함께 있던 루크가 분을 참지 못하고 움직였다.

빡! 빠악!

검은색 가죽 장갑을 낀 루크의 주먹이 테오도르의 얼굴과 배를 가격하며 찰진 소리가 울려 퍼졌다.

"흐어어어."

루크의 구타에 테오도르는 가쁜 숨을 내쉬며 축 늘어졌다.

그 모습을 나이젤은 싸늘한 눈으로 바라봤다.

누군가를 고문한다는 건 유쾌한 기분이 아니었다.

하지만 지금도 눈을 감으면 보였다.

사과나무 아래에서 차가운 땅속에 묻혀 있던 어린아이들의 창백한 얼굴이.

"테오도르 하인리히. 사실 난 고문을 좋아하진 않아. 하지만 자신의 행동에 책임은 져야 한다고 생각한다."

응보주의.

테오도르는 큰 범죄를 저질렀다.

그리고 자신의 행동에 후회도, 뉘우침도 없었다.

오히려 당하는 놈이 멍청하다는 개소리까지 지껄이고 있었다.

그렇다면 그에 따른 죗값을 톡톡히 치러 줘야 하지 않을까?

"그래서 뭐? 날 죽이기라도 하겠다는 거냐?"

테오도르는 비웃음을 흘렸다.

이럴 때를 대비한 고문 훈련을 받았다. 방금 전처럼 몇 대 맞는 것쯤은 아무것도 아니었다.

그리고 비록 자신을 비롯한 황색단을 괴멸시키긴 했지만, 상대는 무능하기로 유명한 다리안 영주의 영지군이었다.

고문이나 심문 기술도 떨어지고 무엇보다 저들은 자신을 죽일 수 없었다.

자신이 가지고 있는 정보를 원하고 있었으니까.

'어떻게든 놈들을 속여서 탈출해야 돼.'

이대로 아무것도 하지 못한 채 죽고 싶지 않았다.

그렇기에 자신이 알고 있는 정보를 빌미로 협상하는 척하면서 미리 세워 둔 탈출 계획을 차근차근 시도하기 시작했다.

"나는 네놈들이 원하는 정보를 넘겨줄 의향이 있다. 단, 내 말을 들어준다면 말이야."

그 말에 나이젤은 테오도르의 귓가에 입을 가져다 대며 나직하게 속삭였다.

"필요 없어."

"뭐?"

순간 테오도르는 멍한 표정을 지었다. 필요 없다니?

뭐가?

"나는 네놈이 알아야 할 정보를 가지고 있다. 그런데 필요 없다고?"

"그래. 이미 알아야 할 건 다 알고 있으니까."

"그게 무슨?"

테오도르는 빠르게 눈을 굴렸다.

이러면 좋지 않다.

자신에게 남아 있는 유일한 협상 카드는 정보다.

그런데 그 정보가 필요 없다니?

"테오도르 라인리히. 너는 항상 말이 많았지."

그때 한창 머리를 굴리며 타개책을 찾고 있던 테오도르의 귀에 싸늘한 목소리가 들려왔다.

"……!"

테오도르는 눈이 찢어질 정도로 부릅떴다.

절대 있어서는 안 되는 인물이 감옥 방 입구에서 희미한 횃불의 빛을 받으며 서 있었으니까.

"네, 네년이 어떻게?"

아리아 플로렌스.

그곳에 복수심으로 불타는 여인이 있었다.

'저년이 살아 있다고?'

테오도르는 놀란 표정으로 아리아를 바라봤다.

자줏빛 크리스털이 어떤 장치인가.

그녀의 피와 마나를 뽑아내기 위해 고안되었으며, 동시에 생명 유지 장치이기도 했다.

피와 마나를 계속 뽑으면 육체가 쇠약해져 결국 죽음에 이르니까.

그 때문에 자줏빛 크리스털은 아리아가 죽지 않을 정도로 영양을 공급하고 치료를 해 주었다.

그런데 그런 크리스털 속에 있는 아리아를 빼낸다면 어떻게 될까?

최악의 경우 꺼낸 순간 쇼크사로 바로 죽거나, 설령 살아남는다고 해도 쇠약해진 육체 때문에 얼마 버티지 못하고 죽는다.

즉, 한 번 자줏빛 크리스털 안에 들어가면 살아나올 수 없다는 소리였다.

거기다 아리아는 오랜 시간 자줏빛 크리스털 속에 있었다.

테오도르는 당연히 그녀가 살아 있을 거라고는 생각하지 않았다.

"테오도르 라인리히."

그때 섬뜩한 한기가 아리아에게서 흘러나왔다. 확실히 테오도르의 생각대로 자줏빛 크리스털 속에서 구출된 아리아는 생명이 위험했다.

언제 죽어도 이상하지 않을 정도로.

하지만 아이들의 영혼이 그녀를 되살려 냈다.

덕분에 정신을 차린 그녀는 아이들이 없는 현실과 마주했다.

가슴이 무너져 내리는 것 같았다.

자줏빛 크리스털 속에서 테오도르에게 고통받을 때도, 괴로웠지만 이를 악물며 버텨 냈다.

모든 일이 끝나면 다시 아이들을 볼 수 있을 거라고 생각했으니까.

하지만 아니었다.

그녀가 지켜야 할 아이들은 이미 죽고 없다는 소리를 들었다.

그것도 약에 중독되어서.

용서할 수 없었다.

아리아는 쇠약해진 몸을 악착같이 회복시키며 살아남았다. 자신과 아이들을 건드린 놈을 용서할 수 없었으니까.

"너는 대가를 치를 것이다."

아리아는 차가운 눈빛으로 테오도르를 죽일 듯이 노려봤다.

그때 나이젤이 그녀의 등 뒤에서 입을 열었다.

"약속대로 저놈은 당신에게 주겠습니다. 마음대로 하십시오."

테오도르를 황색단과 같이 처형당하지 않고 감옥에 가둔 진짜 이유는 따로 있었다.

테오도르가 알고 있는 중요 정보를 아리아도 알고 있었다.

그래서 그녀에게 테오도르를 넘겨주었다.

이후에 그녀가 무엇을 할지는 뻔했다. 분명 테오도르에게 당한 만큼 철저하게 돌려주겠지.

그 과정에서 테오도르가 숨기고 있을지도 모르는 정보를 캐내주겠다고 아리아와 이야기를 해 두었다.

"감사합니다, 나이젤 백부장님."

아리아는 나이젤에게 고개를 숙여 보였다. 나이젤 또한 그녀에게 최소한의 예로 존대를 했다.

비록 은퇴했다고는 하나 그녀는 A급 헌터로 어지간한 기사보다 훨씬 더 강한 존재였으니까.

거기다 하프 엘프였기에 20대 후반으로 보이는 겉모습과 달리 실제 나이는 그보다 더 많았다.

또한, 나이젤이 영입해야 되는 인물이기도 했다.

아리아 플로렌스.

그녀는 삼국지로 치면 촉한의 오호대장군들 중 한 명이었으니까.

"네, 네년이 뭘 알아! 네년 따위가 대체 뭘……!"

상황이 이상하게 돌아가는 것 같자 테오도르가 소리를 치기 시작했다.

"닥쳐."

그러자 옆에 있던 루크가 재갈을 물렸다. 그러면서 작은 목소리로 테오도르의 귓가에 속삭였다.

"쉽게 죽을 거라 생각하지 마라."

"읍읍!"

테오도르는 다급한 표정으로 나이젤을 바라봤다.

그의 눈빛은 모든 것을 말해 주겠다고 이야기하고 있었다.

하지만 나이젤은 테오도르에게서 몸을 돌렸다.

알아야 할 건 이미 아리아를 통해서 전부 들었으니까.

확실히 아리아의 말대로 테오도르는 말이 많았다.

자줏빛 크리스털에 갇힌 아리아에게 피와 마나를 빼낼 때, 테오도르가 즐겁게 웃으며 온갖 이야기를 해 주었던 것이다.

덕분에 아리아는 프리츠 공작에 대한 정보까지 들을 수 있었다.

'대체 어떻게 돌아가고 있는 거야?'

프리츠 폰 오벨슈타인 공작.

트리플 킹덤에서 그는 동탁과 마찬가지로 야심과 탐욕이 많고 재물과 여자를 밝히는 인물로 나온다.

계획적이고 냉철하기보다, 잔인무도하고 화를 내는 데 거리낌이 없으며 자신이 원하는 일은 꼭 이루어져야 비로소 직성이 풀리는 인물이었다.

그런데 무언가 달랐다.

아리아에게 들은 프리츠 공작은 계획적이었고 앞날을 내다보고 있는 인물이었다.

'자기에게 반대하는 귀족 영지에서 방해 공작을 벌이는 중이라고?'

테오도르 같은 오벨슈타인 공작가의 끄나풀들이 반대 세력 귀족 영지에서 방해 공작을 벌이고 있다고 했다.

벌써부터 다른 세력들을 견제하고 있다니?

'게임에서는 없었던 일인데.'

그렇게 나이젤은 생각에 잠긴 채 지하 감옥을 뒤로했다.

"끄아아아악!"

그런 나이젤의 등 뒤에서 찢어지는 듯한 테오도르의 비명 소리가 울려 퍼졌다.

*   *   *

나이젤은 지하 감옥에서 집무실로 돌아왔다. 조용하고 한적한 집무실에서 의자에 등을 기대자 마음이 편해졌다.

'이제 당분간 조용하겠군.'

일단 급한 불은 껐다.

남은 건, 노팅힐 영지에 들이닥칠 에피소드 미션을 대비하는 것뿐.

[에피소드 미션 1차: 노팅힐 영지를 지켜라!]

첫 번째 에피소드, 몬스터 플러드가 시작되었습니다.

첫 번째 에피소드가 끝날 때까지 기간테스 산맥에서 내려오는 몬스터 웨이브로부터 노팅힐 영지를 지키십시오.

다음 웨이브는 2개월 뒤에 있습니다.

난이도: C.

진행 상황: 46일 남음.

보상: 3,000전공 포인트.

이제 남은 기간은 정확히 46일.

그 안에 영지 성벽 보수를 끝내고 무장들을 영입해야 한다.

'문제는 프리츠 공작이지.'

게임에서 하지 않았던 행동을 보인 프리츠 폰 오벨슈타인 공작.

지금 이 시기의 프리츠 공작은 몬스터 토벌 준비를 하고 있어야 했다.

황건적의 난이라고 할 수 있는 몬스터 플러드의 징조가 대륙 각지에서 조금씩 나타나고 있는 상황이었으니까.

그런데 벌써부터 반대 귀족 세력을 견제한다니?

'이것도 새롭게 추가된 건가?'

파워업 키트 버전3, 즉 PK3으로 대규모 파일이 업데이트되면서 기존 버전과 상당히 달라졌다. 프리츠 공작의 이상행동도 그중 하나일 가능성이 있었다.

'그리고 보니 오리지널에서 PK 버전으로 넘어갔을 때도 많은 게 바뀌었지.'

그때도 기존에 있던 군주들과 무장들이 대부분 개편되었고, 시나리오를 비롯한 많은 부분들이 조금씩 달라졌었다.

트리플 킹덤 게임이 삼국지를 모티브로 하면서도, 세부적으로 다른 이유기도 했다.

그래서 오리지널에 익숙해져 있던 유저들이 꽤 반발했었다.

PK 버전부터 다양한 모드들이 판을 치기 시작했었으니까.

그 때문에 아예 버전을 롤백해서 오리지널만 즐기는 트리플 킹덤 진성 유저들도 있었다.

'이제 어떻게 나오려나?'

프리츠 공작을 반대하는 귀족 세력 영지에서 방해 공작 중인 첩자들은 자신들의 진짜 주인이 누구인지도 몰랐다.

프리츠 공작이 철저하게 비밀에 부쳤으니까.

그런데 노팅힐 영지에서 황색단을 이끌던 테오도르가 덜컥 붙잡혔다.

프리츠 공작도, 테오도르도 예상하지 못한 일이었다.

프리츠 공작과 직접적으로 연관되어 있는 끄나풀들은 비교적 성공하기가 쉽고 위험도가 없는 영지를 맡았기 때문이다.

그런데 어처구니없게도 프리츠 공작의 끄나풀 중 하나인 테오도르가 무능하기로 유명한 다리안 영주에게 덜컥 붙잡혀 버린 것이다.

이 일이 전해지면 프리츠 공작이 반응을 보일 터.

'아마 조용히 처리하려고 하겠지.'

프리츠 공작의 입장상 공개적으로 움직일 수는 없을 테니까.

그렇다면.

'내 영지를 건드린 걸 후회하게 만들어 주마.'

나이젤은 입꼬리를 치켜올렸다

상대가 프리츠 공작이라면 괴롭힐 방법이 여러 가지 있었다.

또한, 아리아에게서 들은 정보들까지.

아마 프리츠 공작은 한동안 정신없이 바빠지게 될 것이다.

'역시 내 생각이 맞았어.'

나이젤은 자신의 계획이 틀리지 않았다는 사실을 실감했다.

영지를 강화시키고, 자신도 강해진다.

비록 예정보다 일찍 프리츠 공작과 적대하게 되었지만, 큰 문제는 아니었다.

노팅힐 영지에 있었던 일이 전해지려면 어느 정도 시간이 걸리는 데다가, 앞으로 프리츠 공작은 정신없이 바빠지게 될 테니까.

노팅힐 영지에서 생긴 문제는 덮을 정도로.

그리고 뒷수습을 끝낸 이후에도 노팅힐 영지를 신경 쓰지 못할 것이다.

대륙 각지에서 몬스터들이 대규모로 발생하기 시작할 테니까.

'기껏해야 암살자 몇 명을 보내겠지.'

유약하고 무능한 다리안 영주를 상대하는 데 실력 좀 있는 암살단을 보내면 될 거라 생각할 터.

그 정도라면 충분히 대처 가능하다.

그때쯤이면 나이젤도 상당히 강해져 있을 것이고, 강한 무장들이 영주성에 포진해 있을 테니까.

'지금보다 더 강해져야 돼.'

나이젤은 현재 상태를 확인했다.

[능력치]
무력(60/60), 통솔(65/70).
지력(75/90), 마력(60/85).

정치(65/90), 매력(65/99).

[패시브 스킬]

1. 무영심법(F): 숙련도 100%

2. 무영검법(E): 숙련도 5%

3. 무영투법(E): 숙련도 6%

[액티브 스킬]

1. 육체 강화(E): 숙련도 2%

2. 무영신법(F): 숙련도 100%

3. 강력한 일격(C): 숙련도 100%

4. 없음.

황색단을 상대하면서 무력은 잠재력 한계치까지 찍었고, 스킬은 변함이 없었다.

그저 E급으로 올린 스킬들의 숙련도가 조금씩 올랐을 뿐이었다.

그리고 강력한 일격도 가끔 써 온 덕분인지 숙련도가 100%가 되었다.

하지만 등급을 올릴 생각은 없었다.

C급에서 B급으로 등급을 올리려면 무려 8,000WP가 필요했기 때문이다.

'강력한 일격의 등급을 올리는 건 좀 아깝지.'

나이젤은 강력한 일격보다 더 좋은 일반 스킬을 상점에서 구할 생각이었다.

그리고 황색단의 본거지를 털면서 미션을 클리어하고, 지하에서 잡은 몬스터들 덕분에 전공 포인트를 상당히 벌 수 있었다.

'이제 F급 스킬들을 올릴 수 있겠군.'

현재 총 전공 포인트는 7,500이었다.

나이젤은 일단 숙련도가 100%인 F급 스킬들을 E급으로 올렸다.

[무영신법(F)의 등급이 상승합니다. 2,000WP가 소모됩니다.]
[무영신법 2초식 질풍신보를 배울 수 있게 되었습니다.]

"으음."

스킬 등급이 오르자 다리에서 짜릿한 감각이 올라왔다.

'후.'

한참 뒤 나이젤은 눈을 떴다.

다리에서 충만한 기운이 느껴지면서 가벼워진 기분이 들었다.

그리고 무영신법의 두 번째 보법을 배울 수 있게 되었다.

'이제 남은 건 무영심법인가.'

황색단을 털러 가기 전, 나이젤은 실질적인 전투에 도움이 되는 검법과 투법의 등급을 올렸다.

덕분에 검법과 투법을 2초식까지 사용할 수 있게 되었다.

그리고 나이젤의 예상대로 2초식들은 황색단과의 전투에서 큰 도움을 주었다.

위기의 순간을 벗어나게 만들어 주었으니까.

[무영심법(F)의 등급이 E급으로 상승합니다. 2,000WP가 소모되었습니다.]

순간 마나가 요동쳤다.

'큭!'

무협으로 치면 하단전에 위치한 마나 홀에서 마나가 터져 나온 것이다.

그리고 무영심법의 내공 요결 대로 마나가 움직이기 시작했다.

"흐읍!"

전신을 내달리는 짜릿한 감각에 나이젤은 이를 악물었다.

하지만 그것도 잠시.

급류처럼 전신을 돌던 마나가 바다처럼 잠잠해지며 나이젤을 감쌌다.

그 속에서 나이젤은 조용히 무영심공을 운용하며 무념무상의 세계로 빠져들었다.

         *   *   *

얼마나 시간이 흘렀을까.

문득 나이젤은 눈을 떴다.

[축하합니다. 당신은 무영심법 2성을 달성하셨습니다!]
[마력이 10포인트 상승하였습니다.]

그러자 눈앞에 시스템 메시지가 떠올랐다.

'성공했구나.'

무영심법이 E급으로 오르면서 2성을 달성했고, 거기에 마력까지 올랐다.

그 덕분인지는 모르겠지만 몸이 날아갈 것처럼 가벼웠다.

'시간이 얼마나 흐른 거지?'

나이젤은 자리에서 일어나 집무실 창밖을 바라봤다.

다행히 시간이 많이 지난 것 같지는 않았다.

아직 정오가 되기 전이었으니까.

'그나마 집무실이라 다행이네.'

나이젤의 집무실은 조용한 데다가 다른 사람들에게 방해받을 일이 없었다.

뀨!

그때 나이젤의 그림자 속에서 까망이가 폴짝 뛰어나왔다.

나이젤의 무릎 위까지 올라온 까망이 몸을 돌돌 말며 누웠다.

"그러고 보니 네가 있었구나."

등급을 올리기 위해 무영심법의 심공을 운용하며 무념무상의 세계에 빠져든 나이젤을 까망이가 지켜 주었던 모양이었다.

나이젤은 무릎 위에 누운 까망이의 머리와 몸을 부드럽게 쓰다듬어 주었다.

'까망이를 호법으로 써야겠네.'

나이젤은 까망이를 내려다보며 잔잔한 미소를 지었다.

이번에는 F급에서 E급으로 넘어가는 가장 낮은 단계라 시간이 오래 걸리지 않았다.

하지만 점점 단계가 올라가면 내공심법을 운용하는 시간도 길어질 터.

깨달음을 얻어 상승무공의 경지에 오를 때도 까망이를 호법으로 세우면 좋을 것 같았다.

그때쯤이면 지금보다 까망이도 더 강해져 있을 테니까.

'일단 지금 가진 스킬은 다 올렸고.'

나이젤은 마지막으로 전공 포인트 500을 소모하며 무영신법 2초식 질풍신보를 배웠다.

남은 전공 포인트는 약 3,000.

'이제 액티브 스킬 슬롯을 채워볼까?'

현재 액티브 스킬 슬롯은 한 개가 비어 있었다. 그리고 잘 쓰지 않는 C급 강력한 일격 스킬은 갈아 치우고 싶었다.

'그 전에 상점 등급부터 올려야지.'

앞으로 나이젤에게 도움이 될 스킬은 E급 상점에 있었다.

스킬 상점을 승급시키면, 이전보다 한 단계 더 높은 스킬들을 구할 수 있고 종류도 더 늘어난다.

그렇기에 스킬 상점 업그레이드는 필수였다.

상점을 승급시켜야, 하위 등급에는 없는 강력한 스킬들을 살 수 있으니까.

'그럼.'

나이젤은 시스템에 잠깐 정신을 집중했다. 이 세계에서 시스템이 가진 장점 중 하나는 생각만으로 작동시킬 수 있다는 사실이었다.

그래서 한동안 빠르게 시스템을 사용하기 위해 훈련을 한 적
도 있었다.

덕분에 전투를 하면서 빠르게 시스템 정보를 열고 닫거나, 메
시지들을 치울 수 있게 된 것이다.

[당신의 명성은 510입니다. 스킬 상점(F)의 등급을 올릴 수 있습
니다.]

'좋아.'

시스템 메시지를 확인한 나이젤의 입가에 미소가 절로 걸렸
다.

돌발 이벤트 황색단의 음모를 클리어했지만, 보상으로 명성
100포인트밖에 받지 못했다.

그래서 스킬 상점 승급 최소 조건인 명성 500을 충족시키지
못한 상황.

하지만 황색단을 괴멸시키는 과정에서, 아리아를 구출하고,
어린아이들의 영혼이 성불하면서 나이젤의 명성이 조금 더 올
랐다.

그 결과 명성 500을 넘은 것이다.

[F급 스킬 상점을 승급시키겠습니까? 승급하려면 3,000WP를 소
모합니다.]

"승급한다."

메시지를 확인한 나이젤은 주저 없이 스킬 상점을 E급으로 승급시켰다.

잠시 후, 스킬 상점 목록에 새로운 E급 스킬들이 떠오르기 시작했다.

Chapter

4

[축하합니다! F급 스킬 상점이 E급으로 승급하였습니다. 새로운 E급 스킬들이 등록됩니다.]

[당신은 처음으로 스킬 상점의 등급을 승급시켰습니다. 보상으로 3,000WP를 지급합니다.]

스킬 상점을 승급시키자 시스템 메시지들이 떠올랐다.

스킬 상점이 F급이었을 때는 없었던, E급 스킬들이 대거 등록되었고, 무엇보다 스킬 상점 승급 보상으로 전공 포인트를 3,000이나 지급 받았다.

'예상대로군.'

나이젤은 만족스러운 미소를 지었다.

트리플 킹덤에서 처음으로 스킬 상점을 승급시키면 전공 포인트를 보상으로 준다.

이 세계에서도 마찬가지가 아닐까 생각했었는데 역시 예상대로였다.

나이젤은 새롭게 등록된 E급 스킬들을 바라봤다.

[마나 회복(E)]

[플래시 대쉬(E)]

[아르카나 투법서(E)]

[드라칸의 십이창술서(E)]

[……]

다양하게 떠올라 있는 E급 스킬들.

전부 본신의 능력을 끌어올려 주거나 강화시켜 주는 스킬들이었다.

하지만 지금 나이젤에게 필요 없는 스킬들이기도 했다.

자신의 힘을 강화시켜 주는 것이라면 이미 충분하니까.

무영류 스킬들을 수련해서 승급시키는 편이 더 나았다.

모든 무영류 스킬들의 등급을 C로 만들면 상승무공을 익힐 수 있기 때문이다.

'이제부터는 지휘 스킬도 필요해.'

지휘 스킬은 일종의 버프다.

E급 스킬 상점부터 구할 수 있으며, 아군들을 강화시켜 준다.

앞으로 시작될 전쟁에서 병사들을 지휘하는 데 큰 도움이 될 터였다.

나이젤은 E급 스킬 목록을 손으로 내리며 훑어보기 시작했다.

[상냥한 지휘(E)]
[분노 개방(E)]
[방벽 생성(E)]
[감시탑 소환(E)]
[……]

한참 스킬 목록을 확인하던 나이젤의 손이 멈췄다.
"찾았다."

[자신감 증가(E)]

아군으로 등록된 병사들의 자신감을 올려 주는 지휘 버프 스킬.

얼핏 보면 별거 아닌 것처럼 생각될지는 모르겠지만, 전장에서 병사들의 자신감은 중요하다.

사기와도 연관이 있는 데다가, 혼란에 빠지지 않으니까.

그리고 꼭 전장에서 아군 병사들에게 쓰는 것뿐만이 아니라, 다양한 상황에서 사용이 가능했다.

'지금은 이 정도가 딱이지.'

E급 지휘 버프 스킬 중에서 쓸 만한 건 많지 않았다.

여전히 등급이 낮았으니까.

하지만 자신감 증가는 지휘 버프들 중에서 가장 기본적이면서도 상급 스킬을 찍기 위한 선행 스킬이었다.

자신감 증가를 시작으로 다양한 상급 지휘 스킬들을 배울 수 있었다.

[E급 버프 스킬 자신감 증가를 배우시겠습니까? 이 스킬을 배우려면 전공 포인트 2,000이 소모됩니다.]

나이젤은 망설임 없이 E급 자신감 증가 스킬을 배웠다.

[축하합니다! E급 버프 스킬 자신감 증가를 획득하였습니다.]
[자신감 증가(E)]
열전: 아군에게 나는 할 수 있다는 자신감을 심어 준다.
─아군의 자신감 상승.
─공포, 혼란 저항.
─호감도 30이상 시 상태 효과 추가.
─상태 효과: 사기 진작, 전의 고양.

자신감 증가 스킬의 정보를 보니 게임과 조금 다른 점이 있었다.

'호감도가 중요하네.'

진현이 플레이했던 트리플 킹덤은 PK2 버전이었다.

하지만 이 세계는 대규모 DLC 파일이 업데이트된 PK3 버전을 기반으로 했다.

그래서 지휘 버프 스킬에 호감도 시스템이 추가된 모양.

'일단 당장 해야 할 건 다 한 건가.'

나이젤은 의자에 등을 기대며 눈을 감았다.

1,000전공 포인트를 남기고 스킬 등급을 올리거나 구매를 완료했다.

남은 건, 기존 계획대로 영지 세력을 강화시키는 일뿐.

'이제 뭘 할까.'

나이젤은 집무실 책상을 손가락으로 두드리며 생각에 잠겼다.

1차 몬스터 웨이브가 노팅힐 영지를 휩쓸기 전, 해야 할 일은 많았다.

성벽 보수부터 시작해서 무장들을 계속 영입해야 하고, 전공 포인트와 스킬 숙련도를 올려서 강해져야 했다.

거기다 이제는 프리츠 공작을 신경 쓰지 않을 수 없었다.

삼국지에서 여포가 동탁 밑으로 들어가듯, 트리플 킹덤에서도 최강자급 인물인 S급 용병단 단장도 첫 번째 에피소드가 끝나갈 때쯤에 프리츠 공작 밑으로 들어갈 테니까.

그 전에 용병단장을 영입하기 위한 물밑 작업을 시작해 둘 필요가 있었다.

'지금보다 더 강해져야 돼.'

적어도 용병단장이 내뿜는 살기나 기세 정도는 버틸 수 있어야 한다.

약자를 싫어하는 인물이었으니까.

그리고 앞으로 시작될 군웅할거 속에서 살아남으려면 지금보다 더 강해져야 했다.

최소 무력이 70이 넘으면 좋을 터.

하지만 문제가 있었다.

지금 나이젤의 무력은 이미 한계 수치인 60이었다.

지금 상태에서 아무리 수련을 하고 실전을 경험해도 제자리걸음에 가까우며, 이전만큼 빠르게 강해지기 힘들었다. 당장 스킬 숙련도부터 더디게 올라갈 테니까.

'이제 한계 돌파를 해야 할 때군.'

잠재력 한계치를 뚫어 주는 한계 돌파.

트리플 킹덤에서는 한계 돌파를 할 수 있는 숨겨진 방법이 있었다.

다만 조건이 있었다.

잠재력 한계치까지 능력치를 올려야 하며, 노팅힐 영지와 윌버 영지의 경계에 있는 샤이엔 광산에 가야했다.

그곳에 한계 돌파를 해 줄 방법이 숨겨져 있었으니까.

'문제는 시간이지.'

샤이엔 광산에 갔다 오려면 최소 며칠은 걸린다. 그 때문에 나이젤은 영지에서 우선적으로 해야 할 일부터 처리해 놓고 갈 생각이었다.

'지금은 좀 쉬자.'

나이젤은 집무실 의자에 앉아 무릎 위에 얌전히 앉아 있는 까망이를 쓰다듬으며 눈을 감았다.

*   *   *

그 날 오후.

영주성 입구에 약 서른 명 정도 되는 청년들이 모여 있었다.

루크가 이끌던 자경단 단원들이었다.

그들은 뒷세계를 살면서 저질러 왔던 잘못들을 노팅힐 영지군으로 전향한다는 조건하에 사면받았다.

그리고 지금 영주성 앞에서 입소식을 하는 중이었다.

"노팅힐 영지군에 온 것을 환영하네! 이런 어려운 시기에 자네들 같은 청년들이 우리 영지군에 들어온다니 정말 다행스럽고 고맙게 생각하네. 앞으로 영지민들을 지키기 위해 힘써 주었으면 좋겠군. 아울러서……."

2층 영주성 테라스 위에서 다리안 영주가 일장 연설을 시작했다.

그는 기쁘고 즐거워 보였다.

자경단원들이 자발적으로 노팅힐 영지를 위해서 군에 입대하는 거라고 알고 있었기 때문이다.

나이젤이 미리 선수를 쳤다.

다리안 영주에게 노팅힐 영지를 위해 분골쇄신, 몸과 마음을 다 바쳐 충성을 다할 청년들을 데려왔다고 말했던 것이다.

그 때문에 다리안 영주는 노팅힐 영지를 위해 힘써 줄 선량한 청년들을 나이젤이 데리고 왔다고 철석같이 믿고 있었다.

'듣던 대로 호구잖아?'

자경단원들이 서 있는 맨뒷자리.

그곳에 거만하고 자신감 넘치는 표정의 청년이 한 명 있었다.

나이는 20대 초중반.

어린 나이지만 자경단 내에서 주먹 하나만큼은 잘 써서 자기 나이 또래 청년들을 이끄는 무투파 돌격 대장이었다.

'범죄 사면만 아니었으면 무능한 영주 밑으로 들어갈 일 없을 텐데.'

돌격 대장, 버나드는 다리안 영주의 연설에 속으로 코웃음을 쳤다.

그를 비롯한 대다수 자경단원들은 범죄 사면을 위해서 영지 군에 들어가기로 했다.

그렇지 않으면 지하 감옥에서 평생 썩어야 하니까.

그럴 바에 차라리 영지군 병사가 되는 편이 나았다.

'뭐 이렇게 된 이상 내가 올라서 주는 수밖에.'

비록 영지군이라고 해도 대다수는 일반인이거나 농민들이다.

뒷세계에서 주먹으로 나름 이름을 날린 자신의 상대는 아니었다.

길지 않은 시기에 노팅힐 영지군 따위는 금방 씹어 먹을 수 있을 거라 생각했다.

'루크 단장님은 다른 부서로 가셨다고 했고, 영지군에 칼리언 부단장님이 남으신다고 했지만 별문제는 없지.'

일인지하 만인지상.

노팅힐 영지군에 한정해서 버나드가 노리는 포지션이다.

영지군 내에서 칼리언을 제외한, 모든 병사들을 자신의 발밑에 둘 생각이었다.

그렇게 된다면 무능한 영주의 말 따윈 듣지 않아도 되고 영지를 좌지우지할 수 있을 터.

적어도 노팅힐 영지 내에서 떵떵거리며 살 수 있겠지.

'문제는 정예부대지만, 어차피 뭐 별 볼 일 없겠지.'

황색단 본거지를 털 때, 정예 병사들의 활약이 컸다고 들었다.

하지만 유감스럽게도 버나드는 정예 병사들을 보지 못했다.

워낙 다양한 장소에서 전투가 벌어진 탓에 보지 못했던 것이다.

하지만 그래 봤자 노팅힐 영지군이었다. 정예병이나, 일반병이나 큰 차이는 없을 터.

버나드가 생각하기에 영지군이 황색단을 괴멸시킬 수 있었던 이유는 탁월한 정보수집 능력과 쪽 수 덕분이다.

거기에 자경단인 자신들이 도움을 주지 않았던가?

실력적인 측면에서는 자신들이 우위라고 생각했다.

'우리가 영지를 먹어 주마.'

미래에 부귀영화를 노리는 자신의 모습을 그리며 버나드는 속으로 미소를 지었다.

그사이 다리안 영주의 일장연설이 끝나고 입소식도 거의 막바지에 다다르고 있었다.

그리고 드디어 딜런이 자경단원들 앞에 모습을 드러냈다.

"우리 노팅힐 영지군에 입소하시는 제군 여러분. 이제 절 따라 영주성 뒤편에 있는 연병장으로 향할 것입니다. 여러분들이 훌륭한 영지군의 병사가 되기를 바랍니다."

더없이 친절한 표정과 목소리로 말한 딜런은 자경단원들을 인솔하며 영주성 뒤쪽으로 향했다.

버나드를 비롯한 자경단원들은 딜런의 뒤를 따르며 즐겁게 담소를 하며 피식피식 웃음을 흘렸다.

딜런뿐만이 아니라 다른 영지군 병사들의 분위기가 편안했기 때문이다.

'역시 군기 따위는 없군.'

버나드는 실소했다.

자경단인 자신들조차 상명하복의 위계질서가 확립되어 있었기에 버나드는 나이가 많은 부하들을 거리낌 없이 부릴 수 있었다.

그에 반해 노팅힐 영지군의 병사들은 군기가 느껴지지 않았다.

'훙. 오합지졸들 같으니.'

버나드는 비웃음이 담긴 눈빛으로 영지군 병사들을 슥 훑어봤다.

잠시 후, 자경단원들은 영주성 뒤편의 연병장에 도착했다. 그리고 자경단원들의 눈에 영주성 뒷벽에 걸려 있는 큼직한 표어가 보였다.

[들어올 때는 마음대로지만, 나갈 때는 아니란다.]

"어?"

표어를 발견한 자경단원들 중 한 명이 얼빠진 얼굴로 한마디 내뱉었다.

그러자 사람 좋은 미소를 짓고 있던 노팅힐 영지군의 고참 병사들이 눈을 부라리며 노려보는 게 아닌가?

"어? 지금 너, '어?'라고 했냐?"

"와, 이 자식들 빠진 거 보게? 미쳤냐?"

"야! 지금 상황 파악 안 되냐?"

"하여간 신병 놈들은 일단 처맞아야 정신 차린다니까."

생각지도 못한 영지군 병사들의 태도에 자경단원들은 어리둥절한 표정으로 고개를 두리번두리번거렸다.

'뭐, 뭐지?'

특히 버나드는 더욱더 놀랐다.

불과 몇 초 전까지만 해도 영지군 병사들을 우습게 봤다.

그리고 자신이 이들 위에 우뚝 서는 계획까지 세웠다.

그런데 자신들이 연병장에 딱 도착하는 순간 태도가 돌변하는 것도 모자라 기세마저 달라졌다.

'뭐, 뭔가 잘못됐다.'

자신들을 바라보는 심상치 않은 영지군 병사들의 눈초리.

"저, 전 나가겠습니다!"

위기감을 느낀 버나드는 뒤로 주춤 물러서며 소리쳤다.

이곳에 있다가 무슨 짓을 당할지 알 수 없었기 때문이다.

"어딜 도망가?"

"……!"

순간 버나드는 소름이 돋았다.

'어, 어느 틈에……?'

자신의 바로 등 뒤에 턱수염이 무성하게 나 있는 산적같이 생긴 영지군 병사 한 명이 다가와 있었던 것이다.

그뿐만이 아니라 자경단원들 뒤에 영지군 병사 수십 명이 퇴로를 차단하고 있었다.

"들어올 때는 마음대로지만, 나갈 때는 아니란다."

기분 나쁘게 웃으며 말하는 산적 고참 병사의 말에 버나드는 소름이 등줄기를 타고 내려가는 것을 느꼈다.

그리고 깨달았다.

'아, 망했네.'

오합지졸처럼 보이던 모습은 페이크였다. 그리고 그제야 단장 루크의 말이 떠올랐다.

영주가 힘을 숨기고 있다고.

"야, 이 자식들아! 아직도 상황 파악이 안 되나?"

"이거 한따까리 해야겠구만. 대가리 박아, 이 자식들아!"

"니네 고참 하는 말 못 들었냐? 빨리 대가리 박아!"

사방에서 영지군 병사들의 고함 소리가 울려 퍼졌다.

하지만 그것으로 끝이 아니었다.

"얘들아, 신병 왔다! 신병 받아라!"

딜런이 피식 웃으며 영지군 막사를 향해 소리친 것이다.

그 말에 영지군 막사에서 대기하거나 휴식 중이던 고참병들이 쏜살같이 튀어나오기 시작했다.

"신뼁이다!"

"싱싱하구나!"

"등짝! 등짝 좀 보자!"

"끼야호우!"

순진한 양 떼를 발견한 늑대들처럼 노팅힐 영지군 병사들이 자경단원들을 덮쳤다.

잠시 후, 노팅힐 영지군 연병장에서 자경단원들의 비명 소리가 메아리쳤다.

＊　　　　　＊　　　　　＊

노팅힐 영주성 내 제2연병장.

영지군 병사들이 사용하는 연병장보다 작은 장소다.

그곳에서 카테리나가 창을 내지르고 있었다.

'511.'

팔이 부들부들 떨리고 있었지만 그녀는 재차 창을 당기며 다시 내질렀다.

'512.'

오후 수련을 시작하고 창을 내지른 지 벌써 오백 번이 넘었다.

하지만 아직 부족했다.

팡!

그녀가 내지른 창이 공기를 가르며 파공성을 냈다.

창을 들고 있는 팔이 천근만근처럼 무거웠고 숨이 차올랐다.

그럴 때마다 그녀는 생각했다, 생애 처음으로 창을 잡았던 순간을.

팟!

조금 전보다 더 날카로운 파공성이 허공을 갈랐다. 처음 창을 잡았을 때의 감각이 떠오른 것이다.

그녀가 창을 처음 잡은 순간, 전율이 등줄기를 내달렸다.

저릿한 감각과 함께 어딘가 모르게 익숙한 느낌이 들었다.

그때부터 그녀는 기초체력 단련을 위한 훈련을 시작하고 창을 내질러 왔다.

'아직, 아직 부족해.'

황색단과 싸웠을 때 깨달았다.

아직 자신은 턱없이 약하다고.

실제로 이렇다 할 큰 도움을 주지 못했다.

그뿐만이 아니라 나이젤이 써서는 안 될 기술까지 쓰게 만들었다.

비록 예전처럼 크게 다치거나 기절까진 하지 않았지만, 나중에 의사에게 꽤 큰 부상을 입었다고 들었다.

'그분은 내가 지켜야 돼.'

창을 쥐고 있는 카테리나의 손에 힘이 들어갔다.

스파앙! 콰직!

순간 공기가 찢어지는 듯한 소리가 울리더니 훈련용 목창에 금이 갔다.

카테리나의 힘에 목창이 버티지 못한 것이다.

"하아하아."

그제야 카테리나는 팔을 멈추고 땀에 젖은 은빛 머리카락을 뒤로 넘기며 가쁜 숨을 내뱉었다.

붉게 상기된 하얀 피부 위로 땀이 흐른다.

그 탓에 입고 있는 천 옷이 젖으며 그녀의 아름다운 몸매가 드러나 보였다.

하지만 그녀는 다시 새로운 훈련용 목창을 집어 들 뿐이었다.

'강해지자.'

저스틴의 손아귀에서 벗어날 수 있도록 도와주고 두 번째 기회를 준 은인, 나이젤.

인생의 구렁텅이에서 도와준 나이젤은 그녀에게 있어 둘 도 없이 소중한 존재였다.

그러니 나이젤이 다치는 모습을 보고 싶지 않았다.

파앙!

카테리나는 다시 창을 내지르기 시작했다.

나이젤의 곁에서, 그를 지켜 줄 사람은 자신이라고 생각하면서.

        *   *   *

'흠.'

입소식이 끝나고 연병장을 둘러보던 나이젤은 고개를 갸웃거렸다.

'뭐지? 이놈들이 미쳤나?'

황색단을 괴멸시킨 지 이제 겨우 하루 이틀밖에 지나지 않았다.

그리고 루크가 이끌던 자경단, 비질란테의 단원들의 입소식도 이제 막 끝났다.

그래서 오늘까진 쉬고 내일부터 본격적으로 영지군을 훈련시킬 생각이었다.

그런데.

"아직 연병장 다섯 바퀴 남았다! 벌써부터 퍼지면 어떡해? 똑바로 안 뛰어?"

"훈련 다 끝나려면 아직 2세트 남았다! 이거 다 못 끝내면 오늘 저녁 먹을 생각은 하지 마라!"

연병장에서 각 십인대를 이끌고 있는 십부장들이 주축이 되어서 기초체력 단련을 하고 있었다.

연병장 10㎞ 구보, 팔굽혀펴기 백 번, 윗몸일으키기 백 번, 스쿼트 백 번을 1세트로 훈련을 하고 있었던 것이다.

그리고 연병장의 다른 한쪽에서는 이번에 새로 들어온 자경단원 신병들을 고참병들이 쥐 잡듯이 잡고 있는 모습이 보였다.

'옛날 생각 나네.'

현대에 있을 때, 신병 훈련소 시절이 떠올랐다. 그때 조교들이 신병들 군기 잡는다고 무자비한 갈굼을 선사해 줬다.

'아무튼 잘됐군. 이제 슬슬 새로운 훈련을 시작하려고 했었는데.'

설마 노팅힐 영지군 병사들이 이렇게 열정적으로 훈련을 하고 싶어 했을 줄이야.

사실 그동안 훈련을 열심히 한 부대는 예전 나이젤이 십인장으로 있었던 딜런 십인대였다.

그런데 이제는 영지군 전체가 열정적으로 훈련에 임하고 있었다.

거기다 의욕도 있어 보이고.

그렇다면 부하 병사들의 바람을 이뤄 줘야 하지 않겠는가.

"딜런!"

나이젤은 연병장에서 훈련을 지휘하고 있던 딜런을 불렀다.

나이젤의 부름에 딜런이 달려왔다.

"나이젤 백부장님 오셨습니까?"

"어. 훈련하느라 고생이 많네."

"아닙니다. 이 정도는 해야죠."

딜런은 여유가 넘쳤다.

자신이 직접 훈련을 하고 있지 않았으니까.

실제로 지금 빡세게 훈련을 받고 있는 건 일반병들이었다.

딜런을 비롯한 십부장들도 같이 훈련을 하고 있었지만, 교관이라는 입장이었기에 쉬엄쉬엄하고 있었다.

"십부장들 좀 불러와라."

"십부장들요? 무슨 일 있습니까?"

나이젤의 말에 딜런은 흠칫 놀란 표정을 지었다.

갑자기 영지군 지휘관들을 왜 부른단 말인가?

"아니, 별일 있는 건 아니고. 그냥 내가 생각한 훈련법을 가르쳐 볼까 해서."

"훈련법 말입니까?"

딜런은 살짝 긴장한 표정을 지었다.

훈련법이라니?

안 그래도 지금 영지군 병사들은 열심히 훈련을 하고 있었다.

그런데 거기에 또 무슨 훈련을 하겠다는 말인가?

"이제 다음 단계로 넘어가야지."

나이젤은 딜런을 보며 환한 미소를 지어 보였다.

트리플 킹덤 게임의 후반부라고 할 수 있는 삼국시대가 되면 각 세력권마다 병사들을 빠르게 성장시키기 위한 훈련법들이 발전되어 나온다.

그중에서 인간 병사들을 빠르고 효과적으로 성장시킬 수 있는 훈련법이 있었다.

리히텐슈타인 제국 병사 훈련법.

훗날 조조 포지션의 대군주인 헬무트가 직접 만든 제국 병사 훈련법이다.

제국은 인류의, 인류에 의한, 인류를 위한 나라였으니까.

'귀찮게 내가 다 할 필요는 없지.'

우선 십부장들을 제국 훈련법으로 단련시킨다.

그다음 숙련된 십부장들을 통해서 제국 훈련법을 영지군 병사들에게 전파할 계획이었다.

그러는 편이 나이젤 혼자 영지군 병사들을 전부 훈련시키는 것보다 더 효율적이었으니까.

그리고 제국 훈련법으로 수련하려면 어느 정도 육체가 단련되어 있어야 했다.

인류 제국의 철혈 황제라고 불리는 헬무트가 창시한 훈련법이니만큼 가혹했으니까.

하지만 카오스 고블린과의 전투에서 살아남은 영지군 병사들은 지금까지 꾸준히 체력 단련을 해 왔다.

지금이라면 제국 훈련법을 충분히 감당할 수 있을 터.

"우리 한번 빡세게 훈련해 보자."

물론 빡세게 훈련받는 건 십부장들뿐이겠지만.

나이젤은 딜런을 바라보며 악마 같은 미소를 지어 보였다.

*　　　　*　　　　*

어둠이 서서히 내려오는 시각.

제국 훈련법으로 십부장들을 굴리던 나이젤은 집무실로 돌아왔다.

연병장에 루크가 찾아와 집무실에서 아리아가 기다리고 있다고 알려주었기 때문이다.

"어서 오세요. 기다리고 있었습니다."

집무실에 도착하자 아리아가 나이젤을 웃으며 맞아 주었다.

"제가 좀 늦었네요."

"늦기는요. 갑자기 찾아온 제가 죄송하지요."

아리아는 나이젤에게 살짝 고개를 숙여 보였다. 사전 약속도 없이 불쑥 찾아온 사람은 다름 아닌 그녀였으니까.

하지만 나이젤은 그녀가 왜 자신을 찾아왔는지 알고 있었다.

"이제 마음은 좀 풀리셨습니까?"

"예. 배려해 주셔서 감사드립니다."

아리아는 밝은 미소를 지어 보였다.

그 모습에서 나이젤은 살짝 섬뜩함을 느꼈다.

오늘 하루 그녀가 지하 감옥에서 무엇을 했는지 알고 있었으니까.

아이들을 잃은 분풀이를 테오도르에게 했을 테지.

모르긴 몰라도 온갖 끔찍한 고문을 당했을 것이다.

분명 그럴 터인데 그녀는 자신을 찾아와 밝은 미소로 웃고 있었다.

은연중에 느껴지는 그녀의 광기에 나이젤은 재차 입을 열었다.

"뭐 좀 알아낸 건 있습니까?"

"죄송해요. 제가 할 수 있는 모든 방법을 동원해 봤지만, 더 이상 알 수 있는 건 없었어요."

"그렇습니까?"

역시 테오도르는 프리츠 공작의 직접적인 끄나풀 중에서도 말단인 모양이었다.

핵심 정보는 모르고 있는 모양이었으니까.

'지금 얻은 정보들만으로도 충분하지만.'

끄나풀들이 얼마나 있고 누구인지, 그리고 그들이 얼마나 반 세력과 영지에 침투해 있는지 알 수 있었으면 도움이 되었을 텐데 말이다.

아쉽지만 어쩔 수 없었다.

"그럼 이제 무엇을 할 생각입니까?"

나이젤은 아리아를 바라봤다.

이미 루크로부터 테오도르가 사망했다는 보고를 받았다.

그녀의 복수가 끝난 것이다.

황색단은 괴멸했고, 수장이었던 테오도르도 그녀의 손에 처단 당했으니까.

"복수를 해야지요."

돌연 아리아의 눈에서 귀기가 피어올랐다.

그렇다.

아직 그녀의 복수는 끝나지 않았다.

테오도르의 배후에 있는 원흉이 남아 있었다.

"프리츠 공작입니까?"

"네."

테오도르가 아리아를 붙잡고, 고아원의 아이들을 착취해서 엔젤 더스트를 만든 이유는 무엇인가?

전부 프리츠 공작을 위해서였다.

테오도르는 프리츠 공작의 명령에 따랐을 뿐이었다.

그리고 프리츠 공작은 멀쩡히 살아 있었다.

자신이 귀여워했던 아이들은 전부 사라지고 없는데 말이다.

"내 아이들을 건드린 자들은 용서할 수 없어요."

아리아에게서 광기와도 같은 분노가 흘러나왔다.

아이들의 죽음에 연관되어 있는 자들은 전부 대가를 치르게 될 것이다.

아리아 플로렌스.

그녀는 삼국시로 치면 촉한의 오호대장군 중 한 명인 황충이 었으니까.

[상태 창]

이름: 아리아 플로렌스.

종족: 하프 엘프.

연령: 72세.

타입: 무관.

직위: 없음.

클래스: 아쳐.

고유 능력: 궁술(A), 탐지(B), 모성애(B), 복수심(B).

무력(81/93), 통솔(78/86).

지력(73/60), 마력(60/93).

정치(72/52), 매력(70/75).

삼국지의 등장인물과 시나리오, 설정을 모티브로 만들어진 서양 판타지 전략 게임, 트리플 킹덤.

그렇기에 삼국지와 똑같지 않았다.

무장들의 배경이나 나이, 종족까지 달랐다.

하지만 트리플 킹덤 개발자들은 거기서 그치지 않고 일부 무장들의 성별까지 바꿔 버렸다.

이번에 나이젤이 영입하려고 하는 황충이 대표적이라고 할 수 있었다.

'역시.'

아리아의 정보를 확인한 나이젤은 속으로 혀를 내둘렀다.

그녀는 지금까지 나이젤이 만났던 인물들 중에서 가장 강한 존재였으니까.

잠재 능력치만 해도 무력과 마력은 90이 넘었고, 통솔도 80이 넘었다.

다만 현재 능력치는 테오도르에게 마나와 피를 뽑힌 탓인지 좀 낮아져 있었다.

그렇다고 해도 여전히 높은 능력치이지만.

그뿐만이 아니다.

'고유 능력이 무려 네 개라니.'

보통 고유 능력은 한두 개 정도지만, 그녀처럼 두 개 이상인 존재들도 있었다.

그리고 비록 은퇴하긴 했지만 그녀는 전성기 시절 녹색 바람이라고 불렸던 A급 헌터였다.

그 덕분인지 고유 능력의 수준도 높았다.

A급 궁술과 B급 탐지 능력을 가진 최정예 레인저였으며, B급 모성애를 가진 어머니였으니까.

다만.

'복수심이 걸리는군.'

아무래도 아이들이 죽었다는 소리를 듣고 새롭게 각성한 모양이었다.

고유 능력은 재능이면서 동시에 특성이기도 하니 말이다.

상황에 따라 새로운 고유 능력이 각성할 수도 있었다.

문제는 그녀에게 새롭게 생긴 특성이 복수심이라는 사실이었다.

트리플 킹덤 게임에서도 황색단의 손에 극적으로 구출된 그녀는 복수를 꿈꿨다.

황색단의 단장 크레이들과 간부 몇 명이 도망친 상황이었으니까.

그래서 노팅힐 영지에 남지 않고 삼국지로 치면 유비 진영인, 훗날 태양왕이라고 불리는 라이오넬 드 프랑시스카에게로 가 버린다.

여기서 그녀를 붙잡지 못한다면 게임처럼 될 공산이 컸다.

다만 복수할 상대가 황색단 단장과 간부들이 아니라, 프리츠 공작이라는 점만 다를 뿐.

'그렇게는 안 되지.'

나이젤은 아리아를 붙잡기 위해 입을 열려고 했다.

"나이젤 백부장님."

그런데 그보다 먼저 아리아가 입을 열었다.

나이젤을 바라보는 그녀의 연옥색 눈동자는 위험한 빛을 발하고 있었다.

"저를 받아 주시겠어요?"

"예?"

갑작스러운 그녀의 말에 나이젤은 살짝 놀란 표정을 지었다.

받아 달라니?

무엇을?

"노팅힐 영지에 남겠다는 말입니까?"

"예, 은인을 모른 척할 수는 없으니까요."

나이젤의 반문에 아리아는 속마음을 알 수 없는 아름다운 미소를 지어 보였다.

조금 전 프리츠 공작을 향해 광기를 보이던 때와 전혀 달랐다.

게임대로였다면 그녀는 복수를 위해 노팅힐 영지를 떠났을 터.

그런데 영지에 남겠다니?

'달라졌군.'

아마도 황색혁명 이벤트가 발생하기 전에 황색단을 괴멸시켰기 때문이겠지.

게임대로였다면 도망친 황색단의 단장 크레이들과 나머지 간부들에게 복수하기 위해 노팅힐 영지를 떠났을 것이다.

하지만 게임과 다르게 황색단 단원들 중에서 도망친 자들은 없었다.

전부 다 붙잡아서 처형시켰다.

그리고 엔젤 더스트 사건의 주모자라고 할 수 있는 테오도르는 직접 아리아의 손에 넘겨주었다.

복수를 마무리 짓게 하기 위해서.

"그럼 프리츠 공작은 어떻게 할 생각입니까?"

나이젤은 아리아를 똑바로 바라봤다.

게임과 다르게 지금은 프리츠 공작이 모든 일의 배후라는 사실을 알아냈다.

복수할 대상을 명확하게 밝혀낸 것이다.

"포기한 건 아니에요. 언젠가 대가를 치르게 할 생각이에요."

역시 아리아는 복수를 포기하지 않았다. 단지 뒤로 미루어두었을 뿐.

"그리고 아이들에게서 부탁 받은 게 있거든요."

"예? 아이들요?"

나이젤은 고개를 갸웃거리며 아리아를 바라봤다.

하지만 그녀는 그저 말없이 나이젤을 바라보며 미소를 짓고 있을 뿐이었다.

그녀가 의무실 침대에서 깨어났을 때 아이들의 목소리를 들었다.

그를 도와 달라고.

그래서 지난 며칠간 아리아는 나이젤을 지켜보며 생각했다.

그의 곁에 있을지, 아니면 떠날지를.

그리고 이제 결정을 내렸다.

나이젤의 곁에 함께 있기로.

'무슨 부탁을 받았다는 걸까?'

하지만 그 사실을 알 리 없는 나이젤은 고개를 갸웃거렸다.

"나이젤 백부장님, 당신의 곁에 머물 것을 허락해 주시겠어요?"

아리아는 따스한 봄날 같은 미소를 지으며 나이젤을 바라봤다.

한 명이라도 더 많은 무장이 필요한 상황에서 그녀가 영지에 있어 준다면 더할 나위 없이 좋은 일이었다.

"물론이죠. 아리아 님이라면 대환영입니다."

나이젤은 망설임 없이 대답했다.

그녀가 있어준다면 공동의 적인 프리츠 공작을 상대하는 데 도움이 될 것이고, 앞으로 시작될 난세에서 노팅힐 영지를 지키고 생존하는 데 큰 도움이 될 테니까.

그 순간 나이젤의 눈앞에 시스템 메시지가 떠올랐다.

[축하합니다! 당신은 영웅급 무장인 아리아 플로렌스를 영입하셨습니다!]

[당신은 최초로 영웅(A)급 무장을 영입하셨습니다. 보상으로 명성이 300 상승하고, 정치와 매력 능력치가 각 2씩 상승합니다!]

'영웅급!'

무력 90이 넘는 최초의 영웅급 무장!

최소 무력 80은 되어야 오러를 발현시킬 수 있으며, 이때부터 영웅으로 인정받는다.

그리고 무력 80은 소드 익스퍼트 하급의 실력이며, 85는 중급, 90 이상이면 상급이다.

즉 아리아는 소드 익스퍼트 상급에 해당하는 궁사이며, 마도 전투 장갑복 헤카톤케일을 착용할 수 있는 영웅이라는 소리이기도 했다.

[현재 아리아 플로렌스의 호감도는 80입니다. 아리아가 당신을 친밀하게 느끼며 아이들을 구해 준 사실에 감사하고 있습니다.]
[영지 미션 영지군의 진행 사항이 갱신되었습니다.]
진행 사항⑴: 병사(90/200).
진행 사항⑵: 무관(3/5). 문관(2/5).

'역시.'

황색단을 괴멸시키고, 아이들의 영혼과 아리아를 구했다.

그 덕분에 어느 정도 그녀의 호감도가 높을 거라 예상은 하고 있었다.

그렇지 않고서야 아리아가 직접 노팅힐 영지에 남겠다고 말할 리 없을 테니까.

그런데 설마 이 정도로 높을 줄이야.

"그럼 앞으로 잘 부탁드릴게요, 나이젤 백부장님."

아리아는 상냥하게 눈웃음을 치며 말했다.

"저야말로 잘 부탁드립니다."

첫 번째 몬스터 플러드가 시작되기까지 이제 40일 조금 넘게 남은 상황.

아리아의 영입은 의미가 컸다.

몬스터 플러드로부터 영지를 지키는 데 큰 도움이 될 테니까.

그뿐만이 아니다.

"그렇지 않아도 아리아 님의 도움이 필요했었는데 다행이네요."

"제 도움요?"

"네, 아리아 님에게는 빈민가의 고아들을 부탁하고 싶었거든요."

"아이들요?"

나이젤의 말이 의외였는지 아리아는 놀란 표정을 지었다.

"네. 지금 당장은 무리지만 앞으로 아이들을 교육시키기 위한 시설을 만들 생각입니다. 그 전에 고아원을 재건해서 아리아 님이 부모를 잃은 아이들을 거둬들이고 교육을 시키면 어떨까 싶은데… 아리아 님은 어떻게 생각하십니까?"

다른 영지와 비교해서 노팅힐 영지는 교육 환경이 현저히 열악했다.

영지를 강화시키려면 군사력도 중요하지만, 자금도 중요하다.

나이젤은 나중을 위해 아이들에게 기본적인 교육을 시켜서, 군사, 경제, 제조 등등 다방면에 걸친 인재들을 육성할 생각이었다.

"지금, 고아원을 재건시켜 주겠다는 말인가요?"

아리아는 떨리는 목소리로 물었다.

"네. 아리아 님의 아이들 덕분에 영지민들이 피해를 입지 않았으니까요. 그 아이들을 위해서라도 고아원은 재건시켜 주고 싶군요."

황색단의 손에 희생되어 영혼이 되었음에도 영지민들과 마더 아리아를 위해 고아원에 남은 아이들.

그 아이들을 위해서라도 고아원은 재건시켜 주고 싶었다.

아이들 덕분에 사과로 둔갑한 마약이 영지 내에 퍼지는 걸 늦기 전에 막을 수 있었으니까.

"일단은 고아원을 시작으로 아이들을 교육시켜서 영지에 등용하면 어떨까 생각 중입니다."

앞으로 영지를 발전시켜 나가다 보면 많은 수의 인재들이 필요해진다.

그중 일부는 고아들로 하여금 어릴 때부터 전문교육을 시켜서 충당할 생각이었다.

"나이젤 님은 아이들을 중요하게 생각하시나 보군요."

"그야 뭐, 아이들이 우리 영지의 미래이니까요."

아이들이 없으면 미래도 없다.

특히나 앞으로 시작될 난세의 시대에서 살아남으려면 미래를 대비해서 인재들을 길러낼 밑바탕을 만들지 않으면 안 된다.

본격적으로 아이들을 교육시킬 시설을 만드는 건, 어느 정도 군사력과 자금력을 확보하고 난 다음에 할 수 있겠지만 고아원 하나라면 지금도 충분히 감당할 수 있었다.

그리고 고아원의 재건은 현재 영지에서 최강의 무장인 아리아를 확실하게 붙잡아 두기 위함이기도 했다.

그녀는 아이들을 좋아하니까.

나이젤은 아리아를 바라보며 쐐기를 박았다.

"아리아 님의 복수를 말릴 생각은 없습니다. 당하면 당한 만큼 돌려줘야죠. 하지만 복수 때문에 중요한 걸 잊어버리지 마십시오. 아이들을 지켜야 한다는 사실을요."

"……!"

아리아는 나이젤의 말이 머리를 후려치는 것 같았다.

그 때문에 충격을 받은 표정으로 눈을 크게 떴다.

노팅힐 영지에 남을 생각은 했지만, 여전히 그녀의 머릿속은 복수로 가득 차 있었다.

하지만 어쩔 수 없는 일이었다.

자신의 소중한 고아원의 아이들이 프리츠 공작의 비밀 지령을 받은 테오도르에게 희생되었으니까.

그런데 나이젤은 아니었다.

프리츠 공작이 노팅힐 영지에 피해를 주려고 했음에도 복수보다 먼저 아이들을 생각한 것이다.

"그렇군요. 나이젤 백부장님의 말이 맞아요."

무언가 깨달은 표정으로 아리아는 나이젤을 바라봤다.

"아이들이 가장 중요하지요. 나이젤 님이 아니었으면 소중한 걸 잃어버릴 뻔 했네요. 감사합니다."

아리아는 지쳐 보이는 표정이었지만, 한시름 놓은 미소를 지어 보였다.

복수에 눈이 멀어 아이들을 등한시할 뻔했으니까.

"아닙니다. 오히려 제가 더 감사하죠. 아리아 님이 영지에 남아 주신다니 굉장히 기쁘네요."

나이젤 또한 아리아를 향해 마주 웃어 보였다. 무려 영웅급 무장의 영입에 성공했다.

기쁘지 않을 수 없지 않은가.

그때 나이젤의 시야에 시스템 메시지가 떠올랐다.

[아리아의 호감도가 20상승합니다!]
[축하합니다! 아리아의 호감도가 100이 되었습니다!]

'어?'

눈앞에 떠오른 메시지를 확인한 나이젤은 속으로 놀랐다.

애초부터 노팅힐 영지의 아이들을 위한 계획을 조금씩 세워두고 있었지만, 그것보다는 아리아의 마음을 잡기 위해 고아원과 아이들에 대한 이야기를 꺼냈다.

어느 정도 좋은 이미지를 줄 거라 생각했으니까. 그런데 설마 이렇게 빨리 호감도 맥스를 찍을 줄이야.

[아리아의 호감도가 모성애로 변화합니다. 모성애가 50만큼 상승합니다.]
[아리아 플로렌스의 고유 능력 모성애(B)와 복수심(B)이 하나로 합쳐집니다. 일그러진 모성애(A)가 생성되었습니다.]

'헐?'

일그러진 모성애라니!

이건 또 뭐란 말인가?

'고유 능력끼리 융합도 가능하다고?'

새로운 사실에 나이젤은 놀란 표정을 지었다.

"나이젤 백부장님."

그때 아리아가 나긋한 목소리로 나이젤을 불렀다.

붉은 빛이 감도는 연옥색 눈동자가 나이젤을 그윽하게 바라보고 있었다.

[일그러진 모성애(A)]

아리아는 소중한 아이들을 잃었습니다. 이제 그녀는 아이들을 지키기 위해서라면 수단과 방법을 가리지 않을 것입니다. 또한 당신을 자신의 소중한 아들이라고 생각하고 있습니다.

[현재 아리아의 상태: 일그러진 모성애의 효과로 당신에게 마더라고 불리고 싶어 합니다.]

'이건 또 뭐…….'

시스템 메시지를 확인한 나이젤은 기가 막힌 표정을 지었다.

마더라고 불리고 싶어 한다니!

나이젤은 다시 아리아를 바라봤다.

그녀는 사랑의 열기가 느껴지는 눈빛으로 나이젤을 바라보고 있었다.

분명 마더라고 불러 달라고 말하고 싶은 걸 테지.

더 늦기 전에 나이젤은 선수를 쳤다.

"안 할 겁니다."

나이젤의 목소리는 단호했다.

*　　　　*　　　　*

이틀이 지났다.

그동안 나이젤은 개인 훈련과 더불어 십부장들에게 리히텐슈타인 제국 훈련법을 전수하며 보냈다.

'병사들 훈련은 이대로 유지해 나가면 될 거 같고.'

문제는 영지군 병사들의 숫자였다.

첫 번째 몬스터 플러드는 튜토리얼의 카오스 고블린들처럼 기간테스 산맥에서 몰려 내려온다.

그 숫자는 카오스 고블린들보다 배는 더 많을 것이다.

그리고 기간테스 산맥은 성채 도시 기준으로 동쪽에 있다.

즉, 동쪽 외벽이 몬스터들의 공격을 집중적으로 받는다는 소리였다.

'동쪽 외벽을 중심으로 강화시켜야 되는데……'

나이젤은 영지 미션을 확인했다.

[영지 미션: 성벽을 유지 보수하라!]

영주성의 성벽과 성채 도시의 외곽 벽 상태가 허술합니다.

성벽을 보수하고 강화시키십시오.

진행 사항: 영주 성벽(65%/100%), 도시 외벽(54%/100%).

난이도: E.

보상: 2,000전공 포인트.

노팅힐 영지에도 대장장이들이 없는 건 아니었다.

그래서 그들에게 영주 성벽과 도시외벽 공사를 맡겼다.

하지만 대장장이들의 숫자도, 실력도 부족했다.

딜런을 시켜서 대장장이들에게 벽 보수를 맡긴지 열흘이 지났지만, 진척 상황은 썩 좋지 않았다.

성벽보다 도시 외벽 위주로 공사를 진행시켰는데 영주 성벽은 4%, 도시 외벽은 9% 정도 올랐다.

'이대로는 늦어.'

지금 나이젤은 성채 도시 동쪽 외벽을 둘러보고 있는 중이었다.

외벽의 형태를 유지는 하고 있었지만, 여기저기에 금이 가 있거나 움푹 파여 있는 모습이 보였다.

몬스터들의 공격이 시작되면 오래 버티지 못할 터.

'역시 드워프들을 데려오는 수밖에 없나?'

1차 몬스터 웨이브가 시작되기 전에 도시 외벽 수리를 마무리 지으려면 아무래도 드워프들이 필요할 것 같았다.

문제는 노팅힐 영지 내에 드워프들이 없다는 사실이지만.

가장 가까운 드워프 마을은 노팅힐 영지와 윌버 영지의 경계에 위치한 샤이엔 광산 근처에 있었다.

'일단 샤이엔 광산에 가야겠네.'

그곳에는 드워프뿐만이 아니라 능력치 한계 돌파를 할 방법도 있으니까.

하지만 문제가 있었다.

"윌버 남작가 놈들이 지랄할지도 모르겠군."

그동안 다리안 영주를 무시하며 노팅힐 영지의 재정을 힘들게 만들었던 트리스탄 윌버 남작.

이전부터 트리스탄 남작은 샤이엔 광산의 드워프 마을에 눈독을 들이고 있었다.

기본적으로 드워프들은 인간보다 손재주가 뛰어나고 강력한 무기나 방어구 들을 만들어 내기로 유명하니까.

"뭐, 받은 만큼 돌려주면 되지."

나이젤은 입꼬리를 치켜올렸다.

하지만 문제는 따로 있었다.

Chapter

5

"안 됩니다!"

나이젤의 눈앞에서 딜런이 단호한 표정으로 소리쳤다.

딜런 뿐만이 아니다.

카테리나도 걱정스러운 표정으로 나이젤을 바라보고 있었다.

"저도 반대예요."

나이젤이 잠시 영지를 떠난다고 하자, 부하들이 반대해 왔다.

"또 무슨 사고를 치실 생각입니까?"

"영지 밖에 나갔다가 다치시면 어떡해요?"

"야, 너희들은 내가 사고만 치고 어디 가서 다칠 거라 생각하는 거냐?"

"네."

"언제나 그러셨잖아요."

나이젤의 말에 그들은 당연하다는 얼굴로 고개를 끄덕였다.

순간 나이젤은 말문이 막혔다.

'그러고 보니 그러네?'

가만히 생각해 보니 딱히 틀린 말은 아니었다.

당장 얼마 전만 해도 황색단 사건으로 일을 크게 벌였었고, 간부들이나 테오도르를 붙잡기 위해 무리를 좀 하긴 했었으니까.

"아무튼 너희들도 알다시피 성벽 상태가 좋지 않아. 그리고 언제 어디서 카오스 고블린 같은 몬스터들이 쳐들어올지 알 수 없어. 그러니 미리 준비를 해 놓아야지."

"그래서 샤이엔 광산에 가겠다는 말입니까?"

"그래. 드워프들이라면 성벽 수리와 보강을 할 수 있을 테니까."

"드워프들이라······."

나이젤의 말에 딜런은 생각에 잠겼다. 다른 무엇보다 한 가지 사실이 걸렸다.

"샤이엔 광산이라면 월버 영지와 가까운 곳 아닙니까? 혹시 무슨 문제라도 생기면······."

딜런은 걱정스러운 눈빛으로 나이젤을 바라봤다.

딜런뿐만이 아니라, 현재 나이젤의 집무실에 있는 카테리나와 트론, 그리고 이번에 새롭게 합류한 아리아까지 걱정스러운 표정을 짓고 있었다.

'나쁘지는 않아.'

현대에서는 할머니 이외에 아무도 자신을 걱정해 주는 사람이 없었다.

그런데 이곳에는 자신을 걱정해 주는 사람들이 있었다.

다소 과잉보호 같다는 생각이 들긴 했지만.

"걱정 마라. 문제가 생길 것도 없고, 생긴다고 해도 내가 해결하면 되니까."

샤이엔 광산에서 나이젤이 해야 할 일은 두 가지였다.

광산의 비밀 장소에서 한계 돌파를 할 방법을 찾아내고 드워프들을 고용하는 것이다.

둘 다 어려운 일은 아니었다.

이미 비밀 장소가 어디에 있는지 알고 있는 데다가, 샤이엔 광산의 드워프들은 온순한 성격을 가지고 있었으니까.

그들은 손재주가 좋고, 맥주를 좋아하며, 평화롭고 온화한 성격의 소유자들이었다.

그들이 정한 선을 넘지 않고, 적절한 보상을 준비한다면 별문제 없이 고용할 수 있었다.

당장 걱정해야 할 부분은 드워프들을 고용할 비용을 마련하는 일이었다.

'루크를 쥐어짜야지.'

나이젤은 사악한 미소를 지었다.

애초에 루크를 등용한 이유는 마음 편하게 쥐어짜기 위해서였다.

자경단 비질란테를 이끌면서 여러 잘못들을 저질러 왔으니까.

거기에 루크의 고유 능력인 달변은 인재 모집뿐만이 아니라 자금 운영을 위해 상인들을 상대하는 데 도움이 된다.

그리하여 영지에서 크고 작은 일들을 해 줄 인재나 자금은 루크와 해리에게 맡기고, 핵심 인물 영입은 나이젤이 직접 할 생각이었다.

"그럼 제가 나이젤 님의 호위를 하도록 하죠."

그때 아무 말 없이 지켜보고 있던 아리아가 앞으로 나섰다.

"호위라면 제가!"

아리아가 나서자 카테리나도 앞으로 나서며 소리쳤다.

순간 아리아와 카테리나의 시선이 맞부딪쳤다. 말없이 서로를 노려보는 그녀들에게서 서늘한 한기가 흘러나왔다.

"아리아 님이 나서지 않아도 제가 나이젤 님을 지키겠습니다."

"아이를 지키는 건 역시 어머니의 일이지."

누가 아이냐!

자신을 바라보며 웃는 아리아의 말에 나이젤은 고개를 흔들었다.

"아리아 님은 제가 없는 동안 영지를 지켜 주셨으면 합니다."

"하지만."

"빈민가의 아이들도 돌보셔야죠. 고아원 재건 안 할 겁니까?"

"그런……."

아리아는 인간보다 더 긴 귀를 축 늘어뜨리며 시무룩한 표정을 지었다.

"그럼 나이젤 님의 호위는 제가 맡도록 하겠습니다."

반면 카테리나는 의기양양한 표정으로 아리아를 바라봤다.

그녀는 나이젤에게 선택받았다는 생각에 자신감이 차올라 있었다.

"리나, 너는 훈련받아야지. 어딜 빠지려고."

"네?"

나이젤의 말에 카테리나는 화살 맞은 사슴 같은 표정을 지었다.

"내가 돌아올 때까지 기초체력 단련 빡세게 하고 있어라."

"이미 하고 있는데……."

"더 해."

"…네."

카테리나는 고개를 푹 숙였다.

'슬슬 창술서라도 하나 구해 줘야겠네.'

그녀가 밤낮 없이 열심히 창을 휘두르고 있다는 사실을 나이젤은 알고 있었다.

이제 어느 정도 체력이 늘어난 상황.

창술 기본 훈련을 시작하면 그녀 스스로가 창술의 묘리를 깨닫게 될 것이다. 창술 재능이 S급이었으니까.

나이젤은 말없이 카테리나의 어깨를 두드린 후, 부하들을 돌아봤다.

"이건 내 감이지만, 머지않아 대규모 몬스터들이 쳐들어올지도 몰라."

"예? 그게 대체 무슨 말입니까? 몬스터들이 쳐들어온다니……."

"최근 대륙에서 몬스터들이 늘고 있는 모양이야. 대륙 변경인 우리 영지도 어떻게 될지 장담할 수 없지."

나이젤은 부하들에게 약을 팔았다.

앞으로 두 달 안에 노팅힐 영지에서 몬스터 웨이브가 시작된다.

카오스 고블린과는 비교도 되지 않는 몬스터 무리들이 쳐들어올 터.

하지만 그 일은 나이젤이 시스템을 통해서 알게 된 사실이었다.

시스템에 대한 것까지 이야기할 수는 없었다.

그래서 대륙 전체에 몬스터들이 늘어나고 있다며 약을 판 것이다.

단순히 몬스터들이 늘어났다고 해서 노팅힐 영지가 습격받는다는 보장은 없었으니까.

"일이 터지고 나서 뒤늦게 허둥대는 것보다 미리미리 준비해 놓는 게 좋잖아. 안 그래?"

나이젤은 웃으며 말했다.

"그럼 나이젤 백부장님이 병사들을 훈련시키는 이유도 그 때문입니까?"

"어."

딜런의 반문에 나이젤은 고개를 끄덕였다.

몬스터 웨이브가 시작되기 전까지 한 달 반 정도밖에 남지 않았다.

이제 딜런을 비롯한 모두가 알아 두어야 하는 사실이었다.

"내 예상으로는 앞으로 한 달 반 정도. 그때까지 영지군 병사들 훈련 잘 시켜 놓고 있어라."

"그런… 한 달 반이라니."

나이젤의 말에 딜런을 시작으로 모두의 얼굴이 어두워졌다.

"또다시 변이 고블린, 아니 카오스 고블린 같은 놈들이 쳐들어온다는 말입니까?"

"아마도."

나이젤은 고개를 끄덕이며 답했다.

이번에 올 몬스터들은 최소 일반 고블린들보다 더 강하고, 숫자도 배 이상 많을 것이다.

"한 달 반 안에 성벽 수리를 끝내려면 무슨 수를 써서라도 드워프들을 데리고 와야 돼."

"그렇다고 해도 굳이 나이젤 백부장님이 직접 가시지 않으셔도……."

"내가 가야지 누가 가겠냐?"

나이젤은 고개를 흔들며 말했다.

아무리 드워프들이 온순하다고 해도 샤이엔 광산에서 무슨 일이 생길지 알 수 없었다.

다리안 영주는 논외이고, 단순무식한 가리안 백부장을 보낼 순 없었다.

그렇다고 이제 영지에 들어온 지 얼마 안 된 루크나 아리아를 보낼 수는 없지 않은가?

루크는 해리와 함께 영지 운영을 배우고 있는 중이었고, 아리아는 드워프와 사이가 좋다고 할 수 없는 하프 엘프였으니까.

가능하면 돌발 상황에 대응할 수 있는 인물을 보내야 하고, 한계 돌파를 할 수 있는 방법도 손에 넣어야 했다.

즉, 나이젤 자신이 가는 게 가장 베스트였다.

"그럼 적어도 호위라도 데리고 가십시오."

"호위라면 있잖아?"

"예?"

나이젤의 말에 딜런을 비롯한 일행은 고개를 갸웃거렸다.

그때.

뀨!

나이젤의 그림자 속에서 귀여운 까망이가 튀어나왔다.

"내 호위는 까망이면 충분하지."

나이젤은 흐뭇한 미소를 지으며 다리 밑에서 얼굴을 부비고 있는 까망이의 머리를 쓰다듬어 주었다.

*   *   *

샤이엔 광산에 혼자 가겠다는 선언에 우여곡절이 있었지만, 결국 나이젤이 혼자 가게 되었다.

'일단 한계 돌파를 먼저 해야 돼.'

샤이엔 광산에서 무력 한계 돌파를 한 후, 드워프들과 만나 성벽 보수와 보강을 부탁할 생각이었다.

그다음, 대륙 최강 용병단, 크림슨 미드나이트와 접촉할 생각이었다.

크림슨 미드나이트의 단장을 영입할 수 있으면 가장 좋고, 영입하지 못한다고 해도 고용을 하거나 얼굴도장을 찍어 두는 편이 좋을 테니까.

'별로 내키진 않지만 말이야.'

트리플 킹덤 게임에서 워낙 위험한 성격을 가진 인물로 묘사되는지라 실제로 만나려고 하니 부담스러웠다.

그래도 적이 되는 것보다는 나았다.

'출발은 내일 아침에 해야지.'

지난 이틀 동안 영지에서 급하게 처리해야 할 기본적인 일들은 전부 다 끝냈다.

그나마 이번에 인사부장으로 임명한 루크 덕분에 나이젤이 해야 할 일이 많이 줄었다.

말이 인사부장이지 루크는 거의 모든 일을 떠맡아 했다.

여전히 인재가 부족했기 때문에 루크가 전부 다 하게 된 것이다.

당분간은 오십부장 해리와 인사부장 루크에게 영지 운영을 맡겨 놓아도 별문제 없었다.

'영지 전체의 경제도 활성화시킬 필요가 있어.'

노팅힐 영지의 상황은 썩 좋은 편이 아니었다.

영주 성 아래의 성채 도시는 점점 침체되어 가고 있었다.

다리안 영주가 다른 영주들에게 온갖 불합리한 이유로 생필품들을 무능하게 뜯겼기 때문이다.

그나마 시장은 사람 사는 거리처럼 활기가 조금 남아 있어 보이지만, 실제로 물건을 사거나 지나다니는 시민들의 수도 생각보다 적은 편이었다.

대장장이들이 모여 있는 거리도 마찬가지였다.

본래라면 대장장이들의 망치 두드리는 소리가 끊임없이 울려 퍼지고, 지나다니는 사람들이 많아야 할 시간에도 거리는 영 조용했다.

그래도 지금은 나이젤이 성채 도시의 대장장이들을 거의 다 성벽 보수 작업에 투입하였기에 활기차 보였다.

'앞으로 자금도 많이 필요해지겠지.'

지금은 당장 한 달 반 뒤에 있을 몬스터 웨이브 때문에 시장 경제 활성화를 뒤로 미뤄 두었다.

일단 몬스터들부터 막아야 하니까.

이번 몬스터 웨이브를 막아 낸다면, 자금을 늘릴 수단 확보와 함께 경제부를 설립할 계획이었다.

전반적으로 침체되어 있는 시장경제와 시민들의 활기를 살리기 위해서.

'그럼 이제 슬슬 준비를 시작해 볼까?'

나이젤은 샤이엔 광산에 가기 위한 준비를 시작했다.

*   *   *

다음 날.

걱정하는 다리안 영주와 가리안 백부장에게 인사를 하고 나이젤은 영주성을 나와 성채 도시를 뒤로했다.

그리고 하루 동안 말을 타고 달린 끝에 샤이엔 광산에 도착할 수 있었다.

'드워프 마을은 여기서 반대편이었던가?'

나이젤은 말 위에서 주변을 둘러봤다.

샤이엔 광산은 어마어마한 크기를 자랑한다. 광산 곳곳에는 갱도 같은 동굴 입구들이 존재하며, 내부는 개미굴처럼 복잡하다.

광산 표면에는 나무 한 그루도 자라지 않았으며 지표층 같은 무늬가 켜켜이 쌓여 있었다. 그리고 드워프 마을은 지금 나이젤이 있는 장소에서 반대편 산기슭에 있으며, 채굴 갱도도 마찬가지였다.

"고생했다. 여기서 기다리고 있어."

푸히힝!

나이젤은 광산에서 조금 떨어진 초원에 말을 데려다 놓았다.

광산 앞은 드넓은 초원이 펼쳐져 있었고, 드워프 마을이 있는 뒤편은 협곡으로 둘러싸여 있었다.

지금 있는 장소에서 드워프 마을로 가려면 광산을 타고 넘어가든가, 아니면 산속 동굴을 관통해서 가야 했다.

'일단 그 전에 숨겨진 비밀 장소부터 찾아야지.'

샤이엔 광산의 개미굴 같은 내부에 능력치 한계 돌파를 시켜주는 비전서가 숨겨져 있는 장소가 있었다.

하지만 시작부터 문제가 생겼다.

"하. 동굴 입구가 대체 몇 개야?"

드워프 마을의 반대편에 비밀 장소로 가는 입구가 있다는 사실과 입구 위치 또한 어느 정도 파악하고 있었다.

다만 문제는 모니터를 통해서 보는 위치와 실제로 와서 보는 위치가 다르다는 것이었다.

"찾으려면 시간 좀 걸리겠네."

당장 나이젤의 눈에 보이는 입구만 다섯 개였으며, 하나하나 확인해야 했다.

게임도 노가다였는데, 현실도 노가다였다.

나이젤은 고개를 절레절레 흔들며 동굴들을 하나씩 확인해

갔다.

그렇게 얼마나 지났을까.

[히든 던전을 발견했습니다!]

'어?'

나이젤의 시야에 히든 던전을 발견했다는 시스템 메시지가 떠올랐다.

게임에서는 존재하지 않았던 히든 던전이 말이다.

[축하합니다! 당신은 2성 히든 던전 메탈 마인을 최초로 발견하였습니다! 명성이 200포인트 상승하고, 업적 칭호 '히든 던전 메탈 마인을 발견한 자'를 획득합니다.]

[보상으로 2,000전공 포인트를 지급합니다.]

[업적 칭호의 효과로 2성 히든 던전 메탈 마인에 한해 방어 무시 관통 피해가 20% 증가합니다.]

'샤이엔 광산에 히든 던전이라니……'

게임에서는 존재하지 않았다.

아무래도 PK3 버전이 되면서 추가된 모양.

'여기가 맞는 모양이네.'

나이젤은 눈앞에 있는 동굴을 바라봤다. 이 동굴에 발을 내민 순간 시스템 메시지가 떠올랐다.

동굴 주변 모습도 게임에서 보았던 비밀 장소 입구와 비슷했다.

거기다 히든 던전을 발견했다는 시스템 메시지까지 떴다.

그렇다면 이 동굴 끝에 한계 돌파를 위한 비전서가 숨겨져 있을 확률이 높았다.

"히든 던전이라니 안 갈 수도 없고."

보통 히든 던전은 보상이 크다.

당장 1성 히든 던전 나이트 케이브만 해도 귀여운 소환수를 얻지 않았던가.

거기다 메탈 마인은 2성 히든 던전이었다.

과연 어떤 보상이 기다리고 있을지 기대되지 않을 수 없었다.

다만 두 가지 문제가 있었다.

던전을 공략하는 데 다소 시간이 걸린다는 점과 완전히 미지의 던전이라는 사실이었다.

트리플 킹덤 게임에서 보지 못한 던전이었으니까.

어떤 몬스터가 등장하고 얼마나 강할지 알 수 없었다.

"하지만 그 정도는 감수할 수 있지."

메탈 마인 던전의 등급은 2성급.

에픽 미션 난이도가 신화 등급인 불가능이라고 해도 2성급 몬스터 수준에서 좀 더 강할 터였다.

그 정도라면 충분히 위험을 감수할 수 있었다.

나이젤은 숨을 길게 내쉬며 적당히 긴장을 풀었다.

그리고 감각을 날카롭게 세웠다.

동굴 안에서 무슨 일이 생길지 알 수 없었으니까.

잠시 후, 전신의 감각에 신경을 집중한 나이젤은 신중하게 동굴 안을 향해 발걸음을 옮기기 시작했다.

     *   *   *

어두운 동굴 안쪽으로 들어가자 은은한 빛이 벽에서 흘러나왔다.

그뿐만이 아니라 동굴 천장은 다양한 수정 같은 광물들이 박혀서 빛나고 있었다.

마치 어두운 밤하늘에 별빛이 빛나고 있는 것처럼.

동굴 내부라고 생각하기 힘들 정도로 아름다운 광경이었다.

그르르.

그때 동굴 안쪽에서 공기를 진동시키는 소리가 울려 퍼져 왔다.

나이젤은 굳은 표정으로 발걸음을 멈추며 허리에 차고 있는 검에 손을 가져다 댔다.

지금 나이젤의 복장은 가벼운 경장 가죽 갑옷에 일반 장검이었다.

그리고 등에는 이틀 치 비상식량과 노숙을 하기 위해 준비한 장비들이 들어 있는 배낭을 메고 있었다.

무력이 최대치가 된 덕분인지 무겁다는 생각은 들지 않았다.

하지만 아무래도 전투에 방해가 되지 않을 수 없었다.

'아공간 가방을 하나 구하든가 해야겠네.'

트리플 킹덤은 판타지 요소가 들어간 게임이다 보니 마도갑주인 헤카톤케일은 물론 아공간 가방 같은 아티팩트들도 존재했다.

주로 마법사나 연금술사들이 아티팩트를 제작하며 그 값도 대부분 비싼 편이었다.

크르르! 컹컹!

얼마 지나지 않아 나이젤의 눈앞에 던전 몬스터가 모습을 드러냈다.

[스톤 울프]
[등급] 2성 일반.
[능력치]
무력: 33, 통솔: 38.
지력: 21, 마력: 28.
[특기] 후각(D), 물기(E), 할퀴기(E), 몸통 공격(E).

'스톤 울프라고?'

나이젤은 눈앞에 있는 스톤 울프를 경계하며 바라봤다.

처음 보는 몬스터였기 때문이다.

그리고 몸길이만 약 2미터나 될 정도로 일반 늑대보다도 더 커보였으며 몸 전체가 돌로 이루어져 있었다.

외견적인 특징으로 보아 어지간한 몬스터들보다 방어력이 높아 보였다.

아우―――――!

이윽고 나이젤을 발견한 약 열 마리 정도 되어 보이는 스톤 울프들은 일제히 포효 소리를 냈다.

규우웅!

그러자 이에 질 수 없었는지 나이젤의 그림자 속에서 까망이가 퐁 튀어나오더니 귀여운 울음소리를 냈다.

크아아앙!

그때 스톤 울프 한 마리가 까망이 앞에서 위협적으로 포효했다.

끼이잉.

아직 나이도 어리고 등급이 1성밖에 되지 않는 까망이는 이내 귀를 늘어트리고 꼬리를 말았다.

그 순간 나이젤이 움직였다.

쾅! 캥!

부츠에 마나를 모아서 스톤 울프의 턱을 다짜고짜 올려 찬 것이다.

스톤 울프는 외마디 비명을 지르며 뒤로 나가떨어졌다.

"왜 우리 애, 기를 죽이고 그래?"

나이젤은 겁에 질린 까망이의 머리와 턱을 슥슥 쓰다듬어 주었다.

덕분에 나이젤의 다리 뒤에 숨어서 훌쩍거리던 까망이는 자신감을 되찾았다. 그리고 나이젤의 몸을 타고 쪼르르 올라오더니 얼굴을 혀로 핥았다.

[까망이가 당신을 좋아합니다. 호감도가 3 올랐습니다.]

눈앞에 떠오른 메시지를 확인한 나이젤은 흐뭇한 미소를 지었다.

'이제 호감도를 5만 더 올리면 100이 되는구나.'

그동안 자잘하게 호감도가 올라서 어느덧 95가 되었다.

호감도가 100이 되면 과연 어떻게 될지 기대되지 않을 수 없었다.

'그럼.'

까망이를 쓰다듬던 나이젤은 스톤 울프들을 노려봤다.

방금 전 일격으로 대충 견적이 잡혔다. 스톤 울프들은 카오스 고블린보다 조금 더 약했다.

정말 딱 무력 2포인트 차이만큼.

다만 통솔력이 8포인트 더 높았고, 특기 능력도 세 개나 더 많았다.

무리를 이루어서 싸운다면 스톤 울프들 쪽이 좀 더 강할 것 같았다.

크르르.

조금 전 스톤 울프 한 마리를 후려 찬 탓일까.

스톤 울프들은 경계하는 눈빛으로 나이젤 주변을 맴돌기 시작했다.

나이젤 또한 무영심법을 운용하면서 마나를 손과 발에 집중시켰다.

2성으로 오른 탓인지 이전보다 몸속을 이동하는 마나의 움직임이 명확하게 느껴졌다.

'검보다는 건틀렛이 낫겠지.'

나이젤은 마나를 주입한 강철 건틀렛을 꽉 움켜쥐었다.

스톤 울프들은 광산 안에서 광물들을 섭취하며 돌로 이루어진 몸을 가지고 있었다.

그렇기에 장검보다는 건틀렛으로 두들겨 패는 편이 더 효과적이었다.

크아앙!

탐색을 끝냈는지 스톤 울프들이 달려들기 시작했다.

나이젤은 정면에서 입을 벌리고 도약해서 달려드는 스톤 울프를 향해 상체를 회전하며 라이트훅을 날렸다.

퍼억!

둔탁한 소리와 함께 왼쪽 얼굴이 후려쳐진 스톤 울프가 나가떨어졌다.

뒤이어 달려드는 스톤 울프의 정수리를 향해 왼쪽 손날을 내려쳤다.

빡!

캐액!

정수리를 내려쳐진 스톤 울프는 그대로 바닥에 내리꽂혔다.

크아앙!

이번에는 나이젤의 양옆에서 스톤 울프들이 빠른 속도로 달려왔다.

특기 중 하나인 몸통 박치기였다.

온몸이 돌로 이루어진 만큼 무시할 수 없는 위력을 가지고 있을 터.

그렇다면 피하는 게 상책이었다.

무영신법(無影迅法).

보법(步法), 유운보(流雲步)!

무영신법의 첫 번째 걸음, 유운보.

구름이 흐르는 듯한 유연한 움직임으로 나이젤은 스톤 울프들 사이를 빠져나갔다.

그 직후 양쪽에서 달려든 스톤 울프 두 마리의 머리가 서로 충돌했다.

빠각!

크허어엉!

서로에게 적지 않은 피해를 준 돌대가리 늑대 두 마리는 그대로 바닥에 쓰러지며 꿈틀거렸다.

그렇게 순식간에 스톤 울프들 중 절반이 적지 않은 부상을 입고 쓰러졌다. 남은 스톤 울프들은 나이젤에게서 떨어졌다.

무턱대고 덤벼봤자 좋을 것 없다는 사실을 학습한 것이다.

"보기보다 돌대가리는 아니군."

전신이 돌인 스톤 울프.

그래서 머릿속까지 돌일 줄 알았는데 꼭 그렇지는 않은 모양이었다.

크르르.

스톤 울프들은 이를 드러내며 나이젤을 노려봤다.

"노려보면 어쩔 건데?"

나이젤은 피식 웃어 보였다.

그러자 스톤 울프들이 움찔거렸다.

아마 딜런이 봤다면, 또 사고 칠 거냐면서 말리려고 했을 것이다. 사악해 보이는 미소를 짓고 있었으니까.

우우웅.

순간 나이젤의 건틀렛에서 마력 파동이 흘러나오기 시작했다.

'우선 출력 10%부터.'

고유 능력 임팩트를 발동시킨 것이다.

그동안 열심히 수련을 하고 무력과 마력이 상승한 덕분인지 마나 파동은 안정적이었다.

그렇지 않았으면 아무리 10% 출력이라고 해도 거친 종마처럼 마력 파동이 날뛰었을 터.

무영신법(無影迅法).

보법(步法), 질풍신보(疾風迅步)!

나이젤은 무영신법의 두 번째 걸음 질풍신보를 펼치며 스톤 울프들을 향해 달려들었다.

바람처럼 빠르게 공간을 질주한 나이젤은 눈앞에 있는 스톤 울프를 향해 건틀렛을 내질렀다.

무영투법(無影鬪法).

일식(一式), 파쇄붕권(破碎崩拳)!

콰아아아아앙!

파쇄붕권이 스톤 울프의 몸에 적중한 순간 어마어마한 충격파가 터졌다.

그 때문에 스톤 울프의 몸이 산산조각 나며 돌 조각들이 사방으로 충격파를 타고 비산했다.

파바바바박!

캥! 깨갱!

비산한 돌 조각들은 무시할 수 없는 위력으로 뒤에 있던 스톤 울프들을 덮쳤다.

그 때문에 스톤 울프들은 전신에 구멍이 뚫리면서 어마어마한 피해를 입었다. 거기다 현재 업적 칭호 효과 덕분에 추가 관통 대미지까지 주었다.

아무리 방어력이 높은 스톤 울프라고 해도 버틸 수 없을 터.

[축하합니다! 당신은 2성 일반 몬스터 스톤 울프들을 처치하셨습니다.]

[보상으로 200전공 포인트를 지급합니다.]

같은 메시지가 다섯 번 나이젤의 눈앞에 떠올랐다.

"할 만하네."

나이젤은 주먹을 쥐락펴락하며 만족스러운 미소를 지었다.

까망이의 도움을 받지 않고, 육체 강화 스킬까지 쓰지 않았는데도 부담이 거의 없었다.

이 정도라면 임팩트를 저출력 모드로 사용해도 괜찮아 보였다.

나이젤은 바닥에 쓰러져 있는 나머지 스톤 울프들을 바라봤다.

슬금슬금 몸을 일으키며 튈 준비를 하고 있던 스톤 울프들은 화들짝 놀라며 몸이 굳었다.

끼, 끼이잉.

이미 전의를 상실한 스톤 울프들은 꼬리를 말며 나이젤의 눈치를 봤다.

단 일격에 다섯 마리가 박살이 났으니 그럴 만도 했다.

하지만.

"그렇게 상대를 보고 덤볐어야지."

덤빌 때는 마음대로지만, 도망갈 때는 아니었다.

끄아아아앙!

겁에 질린 스톤 울프들은 괴성을 내지르며 던전 동굴 안쪽으로 발바닥에 불이 나도록 뛰기 시작했다.

그리고 그 뒤를 쫓으며 나이젤이 소리쳤다.

"꼬리! 꼬리 좀 보자!"

*   *   *

나머지 스톤 울프들을 처리하고 던전 내부로 전진한 나이젤은 동굴 끝에 도착했다.

중간에 스톤 울프보다 상위종으로 보이는 하드 스톤 울프도 나왔지만 나이젤을 막을 수는 없었다.

그리고 지금 나이젤의 눈앞에 히든 던전 메탈 마인의 보스로 추정되는 몬스터가 서 있었다.

[푸른 눈의 강철 수호자, 그랑카인.]

[등급] 3성 네임드 보스.

[타입] 파워.

[능력치]

무력: 70. 통솔: 51.

지력: 48. 마력: 42.

[특기] 마나 방벽(C), 순간 가속(C).

무려 3성 네임드 보스였다.

무력은 딱 3성 보스 기준에 걸치는 수준이었다.

하지만 2성 히든 던전이라는 점을 감안하면 상당히 강했다.

2성 보스였다면 무력이 60대였을 테니까.

3성 네임드 보스 그랑카인의 정보를 확인한 나이젤은 쓴웃음을 지었다.

"그래. 이래야 불가능 난이도답지."

이미 나이젤은 1성 던전 나이트 케이브에서 2성급 네임드 보스와 조우한 적이 있었다.

그래서 2성 히든 던전 메탈에서도 3성급 보스가 나오지 않을까 생각은 해 봤었다.

그런데 설마 진짜 나올 줄이야.

나이젤은 2성 히든 던전의 최종 네임드 보스 그랑카인을 노려봤다.

광장처럼 드넓은 공터의 중심에서 홀로 조용히 서 있는 2성 네임드 보스 그랑카인.

그 정체는 키가 3미터가 넘는 인간형 강철 골렘이었다.

강철로 이루어진 육중한 거체에서 뿜어지는 위압감은 장난이 아니었다.

그리고 그랑카인 너머로 제단이 있었으며 그 위에 강철 상자 하나가 놓여 있었다.

'저거군.'

나이젤은 직감적으로 알아차렸다, 저 상자 안에 자신이 얻으려고 한 무력 한계 돌파 비전서가 있다는 사실을.

[침입자 감지. 기동 시작.]

그때 강철 거인, 그랑카인에게서 기계음 같은 목소리가 흘러 나왔다.

키이이이잉.

그 직후 그랑카인의 눈에서 푸른빛이 흘러나오며 기동 준비에 들어갔다.

그와 동시에 나이젤도 움직였다.

지금 그랑카인은 기동 준비 중인 상태였기 때문에 무방비했다.

이때 공격을 한다면 조금이나마 대미지를 입힐 수 있을 터였다.

무영신법(無影迅法).

보법(步法), 질풍신보(疾風迅步)!

순간 가속 능력이 높은 질풍신보를 펼치며 나이젤은 눈 깜짝할 사이에 그랑카인의 앞에 섰다.

그리고 초고속으로 검을 뽑았다.

무영검법(無影劍法).

영식(零式), 발검(拔劍)!

빠르게 뽑힌 장검이 그랑카인을 향해 쇄도했다.

하지만.

콰가가가강!

그랑카인 앞에서 푸른빛의 투명한 방벽이 생기더니 나이젤의 발검을 막아 냈다.

이미 나이젤이 달려들었을 때부터 그랑카인은 특기 중 하나인 마나 방벽을 전개시키고 있었던 것이다.

[방벽 전개로 인한 방어 성공을 확인. 기동 시퀀스 완료. 침입자 섬멸 모드로 이행.]

'역시 안 되나?'

나이젤은 가볍게 혀를 찼다.

설마 기동 준비 중에 방벽 전개를 해 두었을 줄이야.

쐐애액!

그때 날카롭게 바람을 가르는 소리가 들려왔다. 그랑카인이 나이젤을 향해 거창을 찔러 온 것이다.

콰아아앙!

그랑카인의 거창이 지면을 꿰뚫으면서 굉음이 울려 퍼졌다.

거창을 피한 나이젤은 뒤로 물러나며 최대한 거리를 벌렸다.

그랑카인의 거창은 길이만 2미터에 달한다.

그랑카인의 키보다는 작지만, 그래서 더 위험했다.

그랑카인에 비해 창이 짧기 때문에 자유자재로 휘두르거나 찌를 수 있으니까.

거기다 그건 어디까지나 3미터가 넘는 키를 가진 그랑카인의 기준이지, 인간인 나이젤에게는 위협적일 정도로 큰 창이었다.

쿵!

그랑카인은 지면에 박힌 거창을 뽑으며 어깨에 걸쳤다.

푸른 눈의 강철 수호자.

전신이 강철로 이루어진 3미터 크기의 거인이 2미터 길이의 푸른 창을 어깨에 걸치고 푸른빛의 안광(眼光)을 흘리고 있는 모습은 굉장히 위압적이었다.

쿵쿵쿵!

거창을 뽑아 든 그랑카인은 이내 나이젤을 뒤쫓기 시작했다.

3미터가 넘는 육중한 덩치였지만 움직임은 재빨랐다

하지만 무영신법을 펼치는 나이젤을 잡을 만큼은 아니었다. 덕분에 나이젤은 그랑카인과 일정 거리를 유지하면서 상태를 살필 수 있었다.

'설마 3성급 보스 중에 저런 놈이 있을 줄이야.'

그랑카인은 나이젤이 처음 보는 보스 몬스터였다.

PK3버전이 되면서 새롭게 추가된 모양이었으니까.

'아니면 진짜 현실일 수도 있고.'

이 세계는 게임과 다르게 현실적이었다. 당장 노팅힐 영지에 살고 있는 사람들만 봐도 게임 속 NPC처럼 수동적이지 않았다.

진짜 인간처럼 반응하고 움직였다.

그뿐만이 아니라 이 세계와 나이젤이 했던 트리플 킹덤 게임은 다른 점이 많았다.

PK3 버전이 되면서 추가된 콘텐츠일 수도 있고, 아니면 이 세계가 가진 본연의 모습일 수도 있었다.

자세한 건, 이 세계를 둘러봐야 알 수 있을 것 같았다.

결론적으로 진현이 알지 못하는 것들이 존재하고 있었으니까.

지금 눈앞에 있는 3성 네임드 보스 그랑카인이 그러했다.

[부스터 시스템 기동.]

나이젤이 일정 거리를 계속 유지하자 그랑카인에게 변화가 생겼다.

철컥!

그랑카인의 등 부분 견갑골 쪽에서 덮개가 위로 열리더니 작은 노즐이 모습을 드러낸 것이다.

키이이이잉!

이윽고 양어깨 쪽에 나타난 노즐에서 마나가 모여들면서 분사되기 시작했다.

"실화냐?"

그 모습을 본 나이젤은 어이없는 표정을 지었다.

마나를 이용한 부스터라니!

트리플 킹덤 게임은 마도 공학이 발전한 세계라는 설정이었기에, 진귀한 발명품들이 많았다. 마도전투장갑복인 헤카톤케일도 그중 하나였으니까.

콰아아아아아!

그랑카인은 조금 전과 비교도 안 되는 속도로 나이젤을 향해 달려들었다.

2미터 길이의 거창을 앞세우면서.

쐐애애액!

무시무시한 속도로 순간 가속해 오는 그랑카인 앞에서 나이젤은 자세를 낮췄다.

고속 이동 중인 그랑카인의 공격을 막을 수 없었다. 옆으로 피한다고 해도 금방 따라잡힐 것이다.

그렇다면!

무영투법(無影鬪法).

이식(二式), 무영선풍퇴(無影旋風腿)!

그랑카인의 거창이 눈앞에까지 다가오는 것을 본 나이젤은 몸을 회전시켰다. 무겁고 깊은 일격의 거창이 나이젤 옆을 스쳐 지나간다.

그리고 몸을 회전하며 거의 종이 한 장 차이로 공격을 회피한 나이젤의 발뒤꿈치가 바람처럼 거창의 옆을 강타했다.

콰아아앙!

굉음과 함께 거창이 튕겨져 올랐다.

하지만 그랑카인도 호락호락하지 않았다. 본래는 거창을 그랑카인의 손에서 놓치게 만들 생각이었는데 그러지 못한 것이다.

그래도 그랑카인의 기세를 주춤거리게 만들었고, 무엇보다 빈틈을 만들어냈다. 그랑카인의 양팔이 높게 치솟아 올랐으니까.

공중에서 몸을 회전하며 무영선풍퇴를 날린 나이젤은 지면에 착지한 직후 곧바로 그랑카인을 향해 달려들었다.

무영검법(無影劍法).

일식(一式), 무명 베기(無明斬)!

무영검법(無影劍法).

이식(二式), 섬광 베기(殲光斬)!

카강! 카가강!

그랑카인의 옆을 빠르게 스쳐 지나가며 2연속 참격을 날렸다.

나이젤의 등 뒤로 그랑카인의 몸통을 중심으로 검은 궤적과 하얀 궤적이 수놓였다.

'단단하네.'

얼굴을 살짝 찌푸린 나이젤은 장검을 흩뿌리며 뒤를 돌아봤다.

손목이 얼얼하다.

설마 이렇게 방어력이 높을 줄이야.

방금 전 참격으로도 그랑카인의 몸통에 흠집밖에 내지 못했다.

[침입자 경계 레벨 상승.]

그랑카인에게서 무감정한 기계음과 함께 범상치 않은 마력이 흘러나왔다.

스팟!

이윽고 그랑카인의 등에 달린 부스터에서 마력이 방출되면서 어마어마한 속도로 나이젤을 향해 미끄러지듯 날아들었다.

파바밧!

이번에는 조금 전과 달리 짧고 빠르게 창을 찔러 왔다.

나이젤은 무영신법의 첫 번째 걸음 유운보를 펼치며 종이 한 장 차이로 그랑카인의 공격을 피해 냈다.

하지만 단지 그뿐, 그랑카인의 공격에서 완전히 벗어날 수는 없었다.

핏! 피핏!

거기다 거창이 스칠 때마다 나이젤의 전신에 작은 생채기가 늘어났다.

그렇게 얼마나 버텼을까.

'보인다.'

그랑카인의 공격 패턴이 보이기 시작했다.

'강약약 강강약 강중약!'

슉스스 슉슉스 슉슈스!

어느 순간 날카로운 바람 소리를 내며 무수하게 찔러 들어오는 거창 앞에서 나이젤이 앞으로 나가기 시작했다.

공격 패턴을 파악하자 피하기가 한결 수월해진 것이다. 그리고 어느 정도 그랑카인을 향해 전진한 순간.

부우우웅!

그랑카인이 거창을 크게 옆으로 치켜들었다. 거창을 휘둘러서 나이젤을 쳐낼 생각이었던 것이다.

하지만 바로 이 순간을 나이젤은 기다리고 있었다.

[육체 강화(E) 스킬을 발동합니다!]

[당신의 소환수 까망이가 단단해지기(F)를 시전 합니다!]

[퍼스트 어빌리티, 브레이크 임팩트 25% 한정 기동 승인!]

나이젤의 전신이 강화되고 건틀렛에서 강력한 충격파가 응축되어 갔다.

그리고.

무영투법(無影鬪法).

일식(一式), 파쇄붕권(破碎崩拳)!

그랑카인이 거창을 치켜올린 사이 나이젤은 빠르게 튀어 나가

듯 진각을 밟으며 건틀렛을 내질렀다.

콰아아아앙!

그랑카인의 명치 부근에 건틀렛이 꽂혀 들어가면서 강렬한 충격파가 터져 나왔다.

충격파는 그랑카인의 내부까지 피해를 주었으며, 등에 붙어 있는 마나 부스터의 노즐까지 파괴했다.

이제 순간 가속은 봉인된 것이나 마찬가지였다.

'몸이 무거워.'

나이젤은 눈살을 찌푸렸다.

3성 히든 던전 메탈 마인의 보스 룸까지 오면서 수십 마리가 넘는 스톤 울프 무리들을 상대했다.

그랑카인과 싸우기 전에 어느 정도 몸을 회복했다지만, 여전히 피로는 남아 있었다. 그런 상황에서 25% 출력의 임팩트를 사용하자 조금 몸에 무리가 온 것이다.

거기다 마나까지 바닥을 보이기 시작하는 터라 몸이 무거웠다.

하지만 나이젤은 이를 악물며 허리에 찬 장검을 움켜쥐었다.

무영검법(無影劍法).

영식(零式) 개(改).

발검(拔劍) 무명 베기(無明斬)!

콰가가각!

검은 궤적이 뻗어나가면서 그랑카인의 허리를 베고 지나갔다.

캉! 카강!

그리고 계속해서 나이젤의 참격이 이어졌다.

임팩트를 머금은 파쇄붕권의 일격에 그랑카인은 무방비 상태가 되었다.

이때 최대한 큰 피해를 주어야 했다.

쿠웅!

이윽고 얼마 지나지 않아 그랑카인은 무릎을 꿇으며 주저앉았다.

[위험! 위험! 마나 부스터 대파! 장갑 파손율 55%.]

전신이 강철 갑주와도 같던 그랑카인이었지만, 상당한 피해를 입었다.

브레이크 임팩트의 효과로 인해 강철 같던 그랑카인의 방어력이 낮아졌기 때문이다.

거기다 이어지는 나이젤의 참격에 베인 자국이 수두룩하게 남겨져 있었다.

[장갑 파손율이 50%를 넘었습니다. 디펜스 모드를 종료합니다.]
[외부 장갑 방출. 제노사이더 모드 기동.]

파캉!

순간 그랑카인을 덮고 있던 강철 장갑이 폭발하듯 사방으로 터졌다.

"큭!"

강철 장갑은 근처에 있던 나이젤을 덮쳤다. 나이젤이 재빨리 뒤로 물러나며 피하려고 했지만 역부족이었다.

하지만……

뀨아아앙!

[당신의 소환수 까망이가 보호하기(F)를 시전합니다!]

나이젤의 전면에 검은 장막이 생겨났다. 위기의 순간 까망이가 보호 장막을 생성한 것이다.

타다다당!

검은 장막 위로 강철 장갑 조각들이 날아와 부딪쳤다.

잠시 후 소리가 잦아들면서 까망이는 보호 장막을 해제했다.

뀨우우.

힘들게 강철 장갑 조각들을 막아 낸 까망이는 기운이 없는 울음소리를 내며 나이젤의 다리에 몸을 비벼 왔다.

"잘했어."

나이젤은 까망이의 머리를 쓰다듬었다. 까망이가 아니었으면 적지 않은 피해를 감수해야 했을 것이다.

하지만 까망이는 자기가 해야 할 일을 잘해 주었다.

지금처럼 갑작스러운 사태에서 나이젤을 지켜 주었으니까.

나이젤이 원하던 대로였다.

"쉬어라."

뀨!

나이젤의 말에 까망이는 그림자 속으로 퐁당 뛰어들었다.

그리고 나이젤은 정면을 바라봤다.

치솟아 오른 흙먼지들 사이에서 그랑카인이 모습을 드러내고
있었다.

　"이건 또 뭐야?"

　순간 나이젤은 놀란 표정을 지었다.

　강철 장갑 속에서 몸을 감추고 있던 그랑카인이 상상도 못 한
정체를 드러냈기 때문이다.

Chapter
6

"유리라고?"

나이젤은 믿을 수 없었다.

강철 장갑 속에서 모습을 드러낸 그랑카인은 전신이 유리로 이루어져 있었다. 설마 그랑카인의 정체가 유리로 이루어진 몬스터였을 줄이야!

상상도 못 한 정체였다.

그리고 크기는 이전보다 작아진 2미터 정도로 사람만 했다.

그래서 더욱 기괴스러웠다.

유리로 이루어진 사람 같은 형태에, 내부에는 기하학적인 복잡한 회로도 같은 붉은 선이 그려져 있었으니까.

특히 가슴 정중앙에는 직육각형 모양의 붉은 물체가 자리 잡고 있었다.

마치 인간의 심장처럼.

그리고 직육각형의 붉은 물체에서 심장이 뛰는 것처럼 일정한 간격으로 빛이 흘러나왔다.

'하지만 지금이라면……'

나이젤은 그랑카인을 노려봤다.

이전에는 높은 방어력 때문에 애를 먹었다.

하지만 지금은 외부 장갑을 내던져 버렸으니 알몸이나 다름없을 터.

나이젤은 이를 악물며 장검을 움켜쥐었다.

"네놈도 이제 한계겠지."

보스 몬스터 중에는 일정 이상 피해를 입으면 변화하는 놈들이 있었다.

그랑카인도 마찬가지였다.

일정 수준 이상 피해를 입자 방어를 버리고 공격과 속도 중시로 변화했다고 나이젤은 판단했다.

즉.

'앞으로 조금. 한 대 맞고 세 대 친다!'

유리 몸 따위 부수는 건 일도 아닐 테니까.

스팟!

순간 그랑카인의 모습이 사라졌다.

아니, 이전과 비교도 안 되는 스피드로 나이젤을 향해 날아들고 있었다.

슈슉!

그뿐만이 아니라 양팔이 검처럼 변형까지 했다.

카앙!

나이젤은 재빨리 장검을 치켜들며 그랑카인의 공격을 막아 냈다.

캉! 캉! 캉!

그리고 나이젤과 그랑카인은 빠르게 공방전을 주고받았다.

검으로 변한 그랑카인의 양팔이 뱀처럼 나이젤을 압박하며 덮쳐 왔다.

하지만 나이젤도 호락호락하지 않았다. 이를 악물고 장검을 휘두르며 공격을 막고 반격까지 했다.

쌍검 같은 그랑카인의 양팔을 한 번에 위로 쳐올렸다.

일순, 그랑카인의 유리 몸통이 무방비 상태가 되었다.

무영검법(無影劍法).

이식(二式), 섬광 베기(殲光斬)!

번쩍! 스카갓!

순간 나이젤의 장검이 눈부신 섬광을 토해 내며 그랑카인의 몸통을 스치고 지나갔다.

그와 함께 허공에 수놓이는 하얀 빛의 궤적.

"튼튼하네."

하지만 나이젤은 혀를 찼다.

손맛이 제대로 전해지지 않았기 때문이다.

실제로 그랑카인의 몸통에는 홈집만 좀 크게 나 있었다.

강철 장갑에 비하면 무르긴 했지만 유리라고는 생각할 수 없을 정도의 경도였다.

하긴 그러니 나이젤의 장검 앞에서 그랑카인의 유리검이 부서

지지 않고 버텨 낸 것일 테지.

쌔액!

그때 그랑카인의 유리검 두 개가 공기를 가르며 내리쳐 왔다.

깡! 까강!

나이젤은 빠르게 방어 태세로 들어갔다. 왼쪽은 장검으로 막고, 오른쪽은 건틀렛으로 막았다.

그렇게 각각의 유리검을 쳐낸 나이젤은 그랑카인을 향해 장검을 길게 내질렀다.

캉!

그러자 그랑카인은 재빠르게 뒤로 살짝 물러서면서 유리검을 교차해 나이젤의 찌르기를 막아 냈다.

'강하다.'

역시 3성 네임드 보스.

그랑카인은 지금까지 만났던 몬스터들 중에서 가장 강했다.

하지만.

'살을 주고 심장을 뽑는다.'

나이젤은 눈앞에 있는 그랑카인을 노려보며 이를 악물었다.

[브레이크 임팩트의 출력을 상승합니다.]

'이 일격에 모든 걸 건다!'

나이젤은 마나 홀뿐만이 아니라 전신에 남아 있는 마력을 전부 쥐어짜냈다.

[출력 25%··· 28%··· 35%··· 40%······.]

우우우웅!

나이젤의 건틀렛에 마나가 집중되면서 임팩트의 출력이 상승되어 갔다.

기회는 한 번뿐.

나이젤은 마나가 집중된 건틀렛을 깍지를 끼며 맞잡았다.

목표는 그랑카인의 가슴 중심부에 있는 직육각형 모양의 붉은 물체였다.

분명 저것이 그랑카인의 핵심 코어일 테지.

[퍼스트 어빌리티, 브레이크 임팩트 49.9% 현존 최대 출력 기동 승인!]

"크윽!"

나이젤은 신음을 삼켰다.

전신이 부서질 것처럼 옥죄여 왔다.

아직 임팩트를 발동하지 않았음에도 불구하고 건틀렛에서 어마어마한 마력 파동이 물결치듯 흘러나왔기 때문이다.

거기다 이미 까망이와 육체 강화 스킬의 보조를 받고 있는 상황.

그럼에도 정신 똑바로 차리지 않으면 금방이라도 의식이 날아갈 것 같았다.

하지만 어쩔 수 없었다.

이렇게라도 해야 그랑카인을 확실하게 쓰러뜨릴 수 있을 테니까.

나이젤은 건틀렛에서 요동치는 마력 파동을 억누르며 그랑카인을 노려봤다.

팟!

순간 나이젤의 신형이 흐릿해졌다.

무영신법 두 번째 걸음, 질풍신보를 시전한 것이다.

깍지를 낀 건틀렛을 앞에 내세우며 나이젤은 미끄러지듯 빠르게 그랑카인을 향해 돌진했다.

[마나 방벽 전개!]

그랑카인은 다급한 기계음을 내며 푸르스름한 마나 방벽을 전개했다.

나이젤이 워낙 빠른 속도로 돌진한 탓에 피할 시간이 없었기 때문이다.

이윽고 나이젤의 건틀렛과 마나 방벽이 충돌했다.

콰아앙! 콰지지직!

그러자 어마어마한 굉음이 울려 퍼지면서 건틀렛과 마나 방벽 사이에서 푸른 마력 불꽃이 튀어 올랐다.

그렇게 잠시 둘은 힘겨루기에 들어갔다.

그랑카인은 양팔을 들고 마나 방벽을 유지하기 위해 안간힘을 썼고.

"으아아아아!"

나이젤 또한 기합을 내지르며 건틀렛에 마력을 쏟아부었다.

마치 마력 파동이 진동하는 것처럼 마나 방벽 위를 뒤흔들었다.

콰직!

순간 마나 방벽에 금이 하나 생겼다.

콰지지직! 콰장창!

그것을 시작으로 거미줄 같은 금이 쩍쩍 생겨나더니 얼마 못 가 마나 방벽은 산산조각이 나며 먼지처럼 흩어졌다.

이윽고 마나 방벽을 파괴한 나이젤의 건틀렛이 그랑카인의 가슴 정중앙에 닿았다.

[위험! 위험! 위험!]

그랑카인에게서 다급하고 불안한 기계음이 흘러나왔다.

"그러게 왜 개겨? 유리 몸 주제에."

하지만 나이젤은 입꼬리를 치켜올리며 한마디 던졌다.

그 직후.

퍼스트 어빌리티(First Ability).

브레이크 임팩트(Break Impact)!

콰아아아앙!

나이젤이 낼 수 있는 현존 최대 출력의 브레이크 임팩트가 발동했다.

어마어마한 충격파가 그랑카인의 내부를 파고들면서 터져 나갔다.

그로 인해 그랑카인의 유리 몸에 거미줄 같은 금이 쩌저적 생겨났다가 사라졌다를 반복했다.

방어력 못지않은 재생력으로 몸을 수복하려고 한 것이다.

하지만 브레이크 임팩트의 충격파 때문에 유리 몸이 붕괴와 재생을 반복하고 있는 중이었다.

콰지지직!

그 틈을 놓치지 않고 충격파가 반복적으로 터져 나오는 나이젤의 건틀렛이 그랑카인의 가슴속으로 파고들었다.

이윽고 나이젤은 건틀렛으로 그랑카인의 붉은 코어를 움켜쥐었다.

파앗!

그랑카인의 유리 몸 속에서 붉은 코어가 뽑혀 나왔다.

콰지지직!

나이젤은 그랑카인 내부의 핏줄 같은 케이블과 연결되어 있는 붉은 코어를 잡아 뜯으면서 몸을 돌렸다.

"끝이다."

나이젤은 손바닥보다 약간 더 큰 붉은 코어를 있는 힘껏 꽉 움켜쥐었다.

콰직!

그렇게 나이젤의 손아귀에서 그랑카인의 붉은 코어는 파괴되었다.

파스스스!

그 직후 코어를 잃은 그랑카인의 유리 몸은 재가 되어 흩날렸다.

[축하합니다! 당신은 3성 네임드 보스 푸른 눈의 강철 수호자 그랑카인을 처치하셨습니다. 보상으로 3,500전공 포인트와 강철 열쇠를 획득합니다.]

[2성 히든 던전 메탈 마인을 공략하셨습니다! 보상으로 2,500전공 포인트를 획득합니다.]

'끝났다.'

마지막으로 나이젤은 눈앞에 떠오르는 시스템 메시지를 확인하며 바닥에 드러누웠다.

그리고 확실하게 그랑카인을 쓰러트렸다는 걸 인지하자 긴장이 풀리면서 힘이 쭉 빠졌다.

'일단은… 좀 쉬어야지.'

모든 마력과 체력을 소모한 데다가, 최대 출력 임팩트를 사용한 탓에 몸 상태는 엉망진창이었다.

특히 임팩트를 버틴 강철 건틀렛과 나이젤의 양팔은 너덜너덜해진 상황.

한동안 휴식을 취해야 했다.

뀨.

그렇게 나이젤이 바닥에 쓰러진 채 눈을 감자, 그림자 속에서 귀여운 까망이가 모습을 드러냈다.

까망이는 여우처럼 생긴 꼬리를 풍차처럼 흔들며 나이젤의 얼굴을 핥았다.

여우처럼 생긴 귀와 꼬리, 그리고 까만 털에 푸른 사파이어 같은 눈동자를 가진 까망이를 보는 것만으로도 힐링이 되었다.

"조금만 쉴게."

나이젤은 얼굴을 핥아 대는 까망이의 머리를 부드럽게 쓰다
듬어 주었다.

그러자 까망이는 꼬리를 둥글게 말아 나이젤의 머리를 받쳐
주며 얼굴을 부볐다.

그리고 나이젤은 까망이의 꼬리에서 느껴지는 따스함에 편안
함을 느끼며 정신을 잃었다.

끼잉.

하지만 까망이는 나이젤의 품 안에서 여우 귀를 쫑긋 세우며
주변을 경계했다. 혹시나 있을 위험에 대비하기 위해서.

*　　　　　*　　　　　*

얼마나 시간이 흘렀을까.

나이젤은 얼굴에 따스함을 느끼며 눈을 떴다.

뀨우! 뀨우!

눈을 뜨자마자 까망이가 얼굴을 핥고 있는 게 느껴졌다.

'내가 얼마나 잔 거지?'

나이젤은 허리를 일으켜 세웠다.

정신을 잃기 전과 주변 상황은 변함이 없었다.

히든 던전을 공략하게 되면 더 이상 몬스터들이 등장하지 않
으니까.

"윽."

나이젤은 신음을 흘렸다.

여전히 몸 상태는 좋지 않았다.

근육통에라도 걸린 것처럼 전신이 아팠으며, 특히 양팔과 손에서 적지 않은 통증이 느껴졌다.

그래도 못 움직일 정도는 아니었다.

보스 룸에서 좀 쉰 덕분인지 몸이 어느 정도 회복이 되었기 때문이다.

거기에 나이젤은 육체 강화 스킬을 시전 했다.

"으음."

육체가 강화되면서 한층 더 몸이 편해졌다.

자연 치유력이 올라갔으니까.

그렇게 어느 정도 몸을 회복한 나이젤은 자리에서 일어났다.

그리고 그랑카인이 지키고 있던 제단을 향해 다가갔다.

"이 안에 있겠지?"

제단 위에는 강철 보물 상자가 있었다. 본래 이곳은 한계 돌파를 시켜 줄 비전서가 숨겨져 있는 장소였다.

비록 히든 던전화가 되었지만 분명 비전서가 존재할 터.

눈앞에 있는 강철 보물 상자 안에 있을 확률이 매우 높았다.

덜컹덜컹.

나이젤은 강철 상자를 열려고 했다.

하지만 안쪽이 잠겨 있는지 열리지 않았다.

"뭐야, 잠겼잖아? 이걸 어떻게 열지?"

자세히 보니 강철 상자에 열쇠 구멍이 보였다.

아무래도 열쇠가 필요한 모양.

그러고 보니 시스템 메시지에서 강철 열쇠를 보상으로 받은 기억이 났다.

뀨!

그때 까망이가 나이젤의 발밑에서 귀엽게 울었다.

나이젤은 까망이를 내려다봤다.

툭툭.

까망이는 나이젤을 올려다보며 앞발로 무언가를 치고 있었다.

"이건?"

나이젤은 까망이가 치고 있는 물건을 확인했다.

강철 열쇠였다.

'이거구나.'

단번에 감이 온 나이젤은 강철 열쇠를 주워 들었다.

그리고 곧바로 강철 상자의 구멍에 꽂았다.

덜컹덜컹!

순간 강철 상자가 제단 위에서 춤을 추듯 흔들리기 시작했다.

벌컥!

그리고 얼마 지나지 않아 강철 상자의 뚜껑이 활짝 열렸다.

"이, 이건?"

강철 상자 내부를 확인한 나이젤은 놀란 표정을 지었다.

본래 강철 상자 안에는 무력 한계치를 돌파시켜 주는 비전서가 있어야 했다.

그런데 비전서가 아닌 다른 무언가가 있었다.

그뿐만이 아니다.

헥헥!

붕붕!

나이젤과 함께 상자 안을 본 까망이가 입가에 침을 흘리며 여우 꼬리를 풍차 돌리듯 돌리고 있었던 것이다.

그 모습을 본 나이젤은 한마디 했다.

"까망아, 너 설마 이거 먹고 싶니?"

나이젤은 강철 상자 안을 바라봤다.

강철 상자 안에는 상상도 하지 못한 물건이 들어 있었다.

[용의 심장.
드래곤 하트(Dragon Heart).]

드래곤이 죽을 때 남기는 마나의 정수이며, 트리플 킹덤 게임에서도 손에 꼽을 정도의 어마어마한 보물이다.

"이게 왜 여기에······."

나이젤은 놀란 표정을 지었다.

설마 드래곤 하트가 있을 줄이야!

아무래도 푸른 눈의 강철 수호자는 드래곤 하트를 지키기 위한 가디언이었던 모양이었다.

'불가능 난이도와 연관이 있는 건가?'

대체 앞으로 얼마나 어려운 일이 있길래 드래곤 하트가 보상으로 주어진단 말인가.

'일단 챙기고 보자.'

애초에 이곳은 나이젤이 아니면 아무도 알지 못하는 비밀 장소였다.

다리안 영주로 플레이를 해야 발견할 가능성이라도 있기에 트리플 킹덤 게임에서조차 이 장소를 알고 있는 플레이어는 극소수밖에 없었다. 진현 또한 우연히 광산 노가다를 하다가 발견했으니 말이다.

그리고 강철 상자 안에는 다른 물품들도 있었다.

다양한 종류의 광석들이었다.

'이건?'

순간 나이젤의 얼굴에 놀란 빛이 스쳐 지나갔다.

평소에 볼 수 없는 등급 높은 금속이 들어 있었기 때문이다.

그것도 제련까지 되어서.

뀨!

그때 옆에서 까망이가 힘차게 소리를 내질렀다.

나이젤이 고개를 돌리자 강아지처럼 혀를 내밀고 헥헥거리며 먹음직스러운 눈빛으로 강철 상자 안을 바라보고 있는 까망이의 모습이 보였다.

"설마 이것들이 먹고 싶은 거냐?"

뀨!

나이젤의 말에 까망이는 힘차게 고개를 끄덕였다.

'뭐, 뭐지?'

나이젤은 식은땀을 흘렸다.

트리플 킹덤 게임에서 그림자 생명체인 나이트 하운드는 보통 소환사의 마나를 먹이로 삼는다.

까망이도 마찬가지였다.

나이젤의 그림자 속에서 까망이는 마나를 먹으며 생활했다.

그런데 강철 상자 안에 들어 있는 광석에 눈독을 들이다니?

나이젤은 시험 삼아 가장 낮은 등급인 철광석을 상자에서 꺼내 까망이에게 내밀었다.

뀨앙!

덥석!

그러자 까망이의 입이 커지더니 한입에 철광석을 삼키는 게 아닌가!

[당신의 소환수 까망이가 행복해합니다. 호감도가 1상승합니다.]

"이것도 먹어 볼래?"

내친김에 청동까지 내밀어 봤다.

뀨아앙!

이번에도 까망이는 손바닥만 한 크기의 청동을 한입에 꿀꺽 삼켰다.

"허."

"너 이런 거 먹는 애였니?"

나이젤은 멍한 표정으로 까망이를 바라봤다.

설마 마나뿐만이 아니라 금속까지 먹을 줄이야!

"이것도 먹어보렴."

나이젤은 강철 상자 안에 들어 있던 철광석, 청동, 구리 등등 낮은 등급의 광석들을 전부 바닥에 꺼내놓았다.

뀨! 뀨뀨!

바닥에 늘어놓은 광석들을 본 까망이는 신난 표정으로 방방 뛰어다녔다.

마치 산책 나가기 전 댕댕이처럼.

까득! 까드득!

신나게 뛰어다니던 이윽고 까망이는 광석을 하나씩 씹어 먹기 시작했다.

얼마 지나지 않아 나이젤이 꺼내 놓은 광석들은 까망이의 배 속으로 사라졌다.

[까망이가 포만감과 행복감을 느낍니다. 호감도가 상승합니다.]

[축하합니다. 당신의 소환수 까망이의 호감도가 100이 되었습니다! 까망이가 당신을 신뢰합니다.]

'드디어 호감도가 100이 된 건가?'

나이젤은 귀여운 까망이를 바라보며 흐뭇한 미소를 지었다. 호감도가 100이 되었으니 진화를 할 터였다.

다리안 영주와 딜런은 충성도로, 트론은 숭배심으로, 아리아는 일그러진 모성애로 각각 진화했었다.

까망이도 마찬가지일 터.

[까망이의 호감도가 친숙도로 진화합니다. 까망이가 당신을 친숙한 부모처럼 생각합니다.]

'헐.'

나이젤은 놀란 표정을 지었다.

까망이의 호감도가 친숙도로 변할 줄이야.

그뿐만이 아니었다.

뀨우우우우!

귀엽게 포효를 내지르는 까망이에게서 검은 빛이 터져 나왔다.

그와 동시에 나이젤의 눈앞에 시스템 메시지가 주르륵 떠올랐다.

[까망이의 호감도가 친숙도로 진화하면서 등급이 상승합니다!]

[축하합니다. 까망이가 2성 등급이 되었습니다.]

[일부 스킬들이 해방되었습니다.]

[기존 스킬 단단해지기와 보호하기 두 개가 E급으로 상승하였습니다.]

뀨!

등급 성장을 마친 까망이의 모습이 조금 변했다.

가장 큰 특징은 이전보다 덩치가 조금 더 커졌다.

그리고 이전에는 동글동글한 귀여운 모습이었다면 지금은 조금 날렵해지면서 멋져졌다.

그래도 여전히 귀엽고 댕댕이스러운 모습이었지만.

'대박이다.'

2성으로 성장하면서 까망이의 스킬들이 개방되었다.

그런데 그중에 나이젤이 생각지 못했던 스킬이 있었다.

[패시브 스킬: 아공간 보관소(E).]

—무게에 상관없이 물건 보관 가능.

—생명체 보관 불가능.

—음식 보관 가능.

—현재 최대 스무 개 보관 가능.

—다음 등급: 서른 개까지 보관 가능.

트리플 킹덤 게임에서는 없었던 능력이었다.

'안 그래도 아공칸 가방을 구할까 했었는데.'

설마 까망이에게 아공간 수납 스킬이 생길 줄이야. 덕분에 나이젤은 아공간 가방을 구하지 않아도 되었다.

'그런데 역시 이 세계는 게임이 아니라 현실이라는 건가?'

불현듯 나이젤은 의구심이 들었다.

자신이 했던 트리플 킹덤 게임과 이 세계는 다른 점이 많았다.

그 이유가 처음에는 PK3 버전으로 업데이트되었기 때문이라고 생각했다.

하지만 만약 그게 아니라면?

지금 이곳이 정말 실존하는 다른 차원의 '세상'이고 트리플 킹덤 게임이 이 세상을 모방해서 만들어진 것이라면?

'적어도 나한테는 현실이긴 하지.'

이 세계가 진짠지 가짠지 아직 알 수 없었다.

하지만 나이젤에게 이곳은 현실이나 다를 바 없었다.

'대체 누가 날 무슨 목적으로 이 세계로 보낸 것일까?'

처음부터 줄곧 생각했던 의문이었다.

그리고 분명 트리플 킹덤 게임을 개발한 회사와 연관이 있을 터.

'일단 살아남는 것부터 생각하자.'

지금 당장 해야 할 일은 앞으로 시작될 난세와 몬스터 플러드로부터 자신을 지키는 일이었다.

그러기 위해서는 강해져야 한다.

그리고 무장들을 영입하고 영지도 발전시켜서 군사를 양성해야 했다.

또한, 어느 정도 안정화가 되어야 이 세계의 비밀을 밝힐 수 있을 테니까.

나이젤은 까망이를 바라봤다.

"까망아, 이리 와."

뀨!

나이젤은 자신에게 다가온 까망이의 머리를 쓰다듬어 주었다.

설마 광석을 먹고 성장할 줄이야.

어쩐지 성장이 늦더라니.

'잠깐 혹시?'

나이젤은 예비용으로 가져온 단검을 까망이에게 내밀었다.

"까망아 이것도 먹어 볼래?"

뀨!

까망이는 냉큼 단검을 씹어 삼켰다.

[당신의 2성 소환수 까망이의 경험치가 소량 올랐습니다.]

"헐."

눈앞에 떠오른 메시지를 확인한 나이젤은 기가 막힌 표정을 지었다.

광석뿐만이 아니라 예비용 싸구려 단검을 먹였는데 성장 경험치가 오를 줄이야.

그 말은 무기나 방어구를 먹이면 까망이의 등급을 성장시킬 수 있다는 소리가 아닌가?

'게임에서는 마나를 주거나 전투 경험치를 올려야 성장시킬 수 있었는데⋯⋯.'

만약 비싼 무기나 방어구를 먹인다면 어떻게 될까?

나이젤은 고개를 갸웃거리며 귀엽게 자신을 바라보는 까망이를 향해 위험하고 흐뭇한 미소를 지어 보였다.

'루크와 해리를 쥐어짜야겠군.'

두 명을 쥐어짜서 우리 귀여운 까망이에게 먹일 비싼 무기와 방어구를 구할 생각이었으니까.

일단 그 전에.

'드워프들부터 구워삶아야지.'

샤이엔 광산의 평화롭고 온화한 성격의 드워프들.

하루 종일 망치를 두드리며 무기와 방어구를 만들고, 일이 끝나면 시원한 맥주로 하루를 마무리하는 게 삶의 낙인 장인들이다.

그들이 좋아하는 게 무엇인지 나이젤은 잘 알고 있었다.

나이젤은 강철 상자 안에 들어 있는 광석들을 바라보며 미소를 지었다.

분명 드워프 마을에는 일반 광석보다 진귀하고 강력한 무구들이 한가득 있을 테니까.

'그럼 이제 문제는 이건가?'

나이젤은 강철 상자 안에 들어 있던 드래곤 하트를 꺼냈다.

순수한 마나가 응축되어 있는 하얀 빛의 결정체.

고작 엄지손가락만 한 크기였지만 드래곤 하트에서 어마어마한 마력이 느껴졌다.

'이걸 흡수한다면……'

지금보다 더 강해질 것이다.

하지만 좋은 약은 몸에 쓴 법.

본래 나이젤이 흡수할 예정이었던 비전서도 위험을 감수해야 했다.

자신이 가진 잠재 능력 한계치를 강제로 늘리는 짓이었으니까.

아마 참기 힘든 격통이 따르겠지.

하물며 드래곤 하트는 얼마나 고통스러울까?

'하지만 어쩔 수 없는 일이지.'

앞으로 시작될 난세에서 살아남으려면 나이젤 자신부터가 힘을 가지고 있어야 했다.

거기다 트리플 킹덤은 철저한 약육강식의 세계였으니까.

본인의 힘이 없으면 살아남기 힘든 세상이었다.

그러니 지금 좀 고통스럽다고 해서 도망칠 수 없지 않은가?

'이미 각오한 일이다.'

나이젤은 드래곤 하트를 한입에 삼켰다. 드래곤 하트는 입속으로 들어간 순간 부드럽게 녹아들었다.

'윽!'

순간 나이젤은 인상을 찌푸렸다.

드래곤 하트가 민트초코 맛이었기 때문이다.

이래서 까망이가 드래곤 하트를 거들떠도 보지 않은 모양.

"까망아, 부탁해."

나이젤은 까망이의 보호를 받을 생각이었다. 드래곤 하트를 흡수하는 동안 무방비 상태가 되니까.

사실 히든 던전은 비밀 장소였기 때문에 찾아올 사람도 없고, 공략을 완료한터라 더 이상 몬스터도 나타나지 않는다.

하지만 혹시 모를 사태에 대비하기 위해 까망이를 호법으로 삼은 것이다.

뀨!

나이젤의 말에 까망이는 알겠다는 듯이 비장한 표정으로 고개를 끄덕였다.

나이젤은 까망이의 머리를 쓰다듬어 준 후 가부좌를 하고 자리에 앉았다.

그리고 천천히 심호흡을 하며 무영심법을 운용하기 시작했다.

[드래곤 하트를 흡수하였습니다.]

이윽고 전신에 드래곤 하트의 마나가 퍼져 나갔다.

그 순간.

"커헉!"

나이젤은 마나 홀에서 극심한 통증을 느꼈다. 마나 홀에서부터 드래곤 하트의 마나가 야생마처럼 날뛰며 속을 헤집기 시작한 것이다.

"크으윽!"

나이젤은 이를 악물며 자세를 흩트리지 않았다.

'버, 버텨야 돼.'

격통이 동반한다는 사실은 이미 각오하고 있던 일이었다.

다만 생각보다 고통이 더 심했다.

[경고! 당신의 신체가 위험 수위에 도달하고 있습니다. 몸 안에서 날뛰고 있는 마나를 바로 잡으십시오.]

'마, 마나를 움직여야……'

눈앞에 떠오른 메시지를 확인한 나이젤은 전신을 달리는 격통에 신음하면서도 무영심법을 운용했다.

하지만 몸속을 날뛰고 있는 드래곤 하트의 마나를 움직이기란 쉽지 않았다.

'이, 일단 동조부터… 크윽!'

나이젤은 조금씩 무영심법의 내공과 드래곤 하트의 마나를 공명시키며 동조시켜 나갔다.

둘 다 순수한 마나였으며, 동일한 속성이었기에 동조시키는 건 어렵지 않았다. 단지, 전신을 헤집는 고통 때문에 집중이 되지 않을 뿐.

하지만 시간이 지날수록 나이젤은 고통에 익숙해졌다.

그리고 조금씩 드래곤 하트의 마나와 무영심법으로 쌓은 내공이 공명하며 하나가 되어 갔다.

그리고 잠시 후.

[방대한 마력으로 인한 환골탈태(換骨奪胎)가 진행됩니다.]

"크아악!"

우드득! 콰득! 콰지직!

나이젤의 신체가 급변하기 시작했다.

드래곤 하트에 담겨 있는 마나 덕분에 신체의 뼈가 다시 짜맞춰지고 근육이 찢어졌다가 다시 붙었다.

그 와중에도 나이젤은 이를 악물고 버텼다.

현대에서 진현으로 홀로 외롭게 살며 가족이 없다는 이유로 불합리한 일을 당한 것에 비한다면, 이 세계에서 나이젤이 어렸을 때부터 꿈도 희망도 없이 그저 어른들에게 처맞으면서 살아온 것에 비한다면…….

'이 정도쯤은…….'

이를 악문 나이젤은 무영심법을 운용하며 악착같이 버텨 냈다.

그렇게 얼마나 시간이 지났을까.

[환골탈태를 완료하였습니다.]

마지막 메시지를 확인한 나이젤은 옆으로 쓰러지며 정신을 잃었다.

*　　　　*　　　　*

나이젤은 다시 눈을 떴다.

얼마나 시간이 흘렀는지 알 수 없었다. 그리고 눈을 뜬 나이젤이 가장 먼저 느낀 것은.

"윽!"

악취였다.

"이게 무슨 냄새야?"

눈살을 찌푸린 나이젤은 주변을 둘러봤다.

시꺼먼 구정물 위에 자신이 앉아 있다는 사실을 알아챘다.

환골탈태 과정을 겪으며 나이젤의 몸에서 흘러나온 노폐물들이었다.

뀨!

그리고 저 멀리서 까망이의 울음소리가 들려왔다.

"……."

냄새 때문인지 까망이는 나이젤과 떨어진 장소에서 폴짝폴짝 뛰며 반가워하고 있었다.

평소 같았으면 나이젤의 품속에서 애교를 떨고 있었을 텐데.

'근데 좀 독하긴 하네.'

구정물뿐만이 아니라 나이젤의 몸에서도 썩은 내가 났다.

'어?'

자리에서 몸을 일으키려던 나이젤은 놀란 표정을 지었다.

몸이 굉장히 가벼웠기 때문이다.

냄새가 지독하다는 것만 뺀다면 컨디션만큼은 최상이었다.

그뿐만이 아니었다.

[축하합니다! 성공적으로 환골탈태가 완료되었습니다.]

[드래곤 하트의 작용으로 당신의 신체가 용체로 진화하였습니다.]

[고유 능력 포텐셜(S)이 용체(S)와 융합하여 용마지체(SS)로 진화하였습니다. 용마지체에 특성이 추가됩니다.]

[용마지체의 특성 중 하나인 용의 신체 효과로 잠재력 한계치가 돌파되었습니다. 무력, 통솔, 지력, 마력, 정치 잠재력 최대 한계치가 99까지 증가하였습니다.]

"용마지체라고?"

용마지체라니!

나이젤은 경악한 표정을 지었다.

상상도 못 한 기연을 얻었기 때문이다. 본래 드래곤 하트를 흡수했다면 용체로 진화하여 신체 능력이 상승하는 정도로 그쳤을 터였다.

그런데 고유 능력 포텐셜이 용체와 융합하면서 용마지체로 진화했다.

그 결과 예상하지 못한 어마어마한 능력들이 생겨난 것이다.

나이젤은 일단 상태 창을 확인했다.

[상태 창]

이름: 나이젤.

종족: 인간.

나이: 25세.

타입: 무관.

직위: 백부장.

클래스: 블레이더.

고유 칭호: 이세계 플레이어.

고유 능력: 임팩트(S), 용마지체(SS).

능력치:

무력(65/99), 통솔(65/99).

지력(75/99), 마력(65/99).

정치(65/99), 매력(65/99).

"허."

상태 창을 확인한 나이젤은 더욱 놀란 표정을 지었다. 일단 고유 능력 포텐셜이 용마지체로 바뀌어 있었다.

그것도 한 등급 높은 SS급으로.

거기다 잠재력 한계치도 전부 99까지 늘어났으며, 무력과 마력은 현재 능력치가 각각 5포인트씩 상승해 있었다.

아직 끝이 아니었다.

나이젤은 제일 중요한 용마지체에 대한 상세 정보를 눈앞에 떠웠다.

[고유 능력: 용마지체(SS)]

특성: 용안(S), 용익(S), 용체(S).

1. 용안: 용의 눈으로 상대를 본다.

1) 약점 간파.

2) 상태 이상 확인.

3) 감정의 색을 확인.

4) 정신 방벽: 환영, 매혹, 공포 저항.

2. 용익: 용의 날개 사용 가능.

사용 시, 가속과 비행이 가능해진다.

3. 용체: 용의 신체, 잠재력 한계치 개방, 신체 능력과 마력 증가, 성장률 강화, 모든 속성 저항 상승.

"미쳤네."

나이젤은 믿기지 않는 표정을 지었다. 용마지체는 사기적인 특성을 가지고 있었으니까.

용안은 전투뿐만이 아니라 일상적으로도 활용이 가능했다.

상태 이상은 상대가 병에 걸려 있는지 혹은 독에 중독이 되어 있는지 등 다양한 증상들을 파악할 수 있었다.

또한 상대의 감정을 색으로 볼 수 있기 때문에 협상에서도 유리해진다.

비록 상대가 겉으로 표현하지 않아도 화를 내고 있는지, 아니면 음모를 꾸미고 있는지 알 수 있으니까.

거기에 호감도까지 더해지면 거의 완벽하게 상대를 파악할 수 있을 터.

그리고 용익은 사용 시 등에 용의 날개가 두 장 생겨나며 엑스트라 스킬 가속과 비행을 쓸 수 있었다.

엑스트라 스킬은 슬롯과 무관하게 사용이 가능하다.

또한, 용체는 용의 신체라는 뜻으로 무(武)의 재능과 마나에 대한 친화력이 높았다.

그 덕분에 무술을 빠르고 쉽게 배울 수 있으며 스킬 숙련도 또한 빠르게 올릴 수 있었다.

그리고 아직 끝이 아니었다.

[당신은 최강의 신체인 용마지체(SS)로 진화하였습니다. 고유 능력 임팩트(S)의 출력이 상승됩니다.]

[축하합니다! 임팩트의 출력이 50%를 돌파하였습니다. 세컨드 어빌리티, 디스트럭션 임팩트를 개방합니다.]

"임팩트까지?"

용마지체로 진화한 것도 모자라 임팩트의 출력까지 상승하다니!

대략 이쯤 되니 정신이 멍해졌다.

그리고 불안감도 들었다.

'대체 얼마나 힘든 일이 생기려고 이런 보상을 주는 건지.'

샤이엔 광산의 히든 던전은 비록 2성 등급이긴 하나, 비전서가 숨겨져 있는 특별한 비밀 장소였다.

거기다 불가능(신화) 난이도이다 보니 보상이 높은 편이긴 했다.

그렇다고 해도 설마 이렇게까지 어마어마한 보상을 얻게 될 줄이야.

'어찌 됐든 좋은 일이지.'

덕분에 이전과는 정말 비교도 할 수 없을 만큼 강해질 수 있었다.

당장 고유 능력 임팩트만 하더라도 50%를 돌파하면서 세컨드 어빌리티가 개방되지 않았던가?

내친김에 고유 능력 임팩트의 상세 정보 창도 확인했다.

[고유 능력: 임팩트(S).]

1. 퍼스트 어빌리티, 브레이크.

1) 해방 조건: 출력 25% 이상.

2) 효과: 장비 파괴 전문.

2. 세컨드 어빌리티, 디스트럭션.

1) 해방 조건: 출력 50% 이상.

2) 효과: 방어구 내부로 충격파를 관통시켜서 직접 상대의 몸을 공격.

3. 라스트 어빌리티.

1) 해방 조건: 출력 75%.

2) 효과: ???

'디스트럭션은 방어 무시 공격인가?'

설명을 보면 그러했다.

방어구를 관통해서 상대에게 직접 충격파를 때려 박는 기술

같았으니까.

그리고 어빌리티 임팩트들은 출력을 자유자재로 조절해서 쓸
수 있었다.

단지 최소 해방 조건이 브레이크의 경우 25%였고, 디스트럭션
은 50%였다.

50% 출력으로 브레이크 임팩트를 사용할 수 있고, 25% 출력
으로 디스트럭션을 사용하는 것도 가능했다.

또한 라스트 어빌리티는 임팩트의 출력을 100% 자유자재로
쓸 수 있어야 해방되는 모양이었다.

'일단 확인할 건 다 했고.'

나이젤은 강철 상자에 있는 광석들과 짐들을 챙겼다.

"드워프 마을에 가기 전에 좀 씻어야겠네."

용마지체로 환골탈태하면서 생긴 노폐물 때문에 냄새가 장난
이 아니었으니까.

*　　　　　　*　　　　　　*

2성 히든 던전 메탈 마인 보스 룸의 제단 너머에 출구가 있었
다.

그곳을 통해 나이젤은 샤이엔 광산을 관통해서 나왔다.

샤이엔 광산 뒤편에는 산맥으로 이루어진 협곡이 양옆으로
끝없이 펼쳐져 있었다.

그리고 상당히 높은 나무들이 늘어서 있는 숲이 있으며 그 안
에 드워프 마을이 존재했다.

'저기군.'

샤이엔 광산에서 내려온 나이젤은 근처에 있는 강을 찾아서 대충 몸을 씻고 옷을 갈아입은 후, 드워프 마을에 도착했다.

드워프 마을은 아담한 크기였으며 돌벽으로 둘러싸여 있었다.

그리고 정문 앞에는 드워프 두 명이 경비를 서고 있는 모습이 보였다.

"멈춰라."

"인간이군. 우리 마을에는 무슨 볼일이지?"

1미터가 넘는 키를 가진 드워프들은 나이젤이 다가가자 손을 들며 제지했다.

"의뢰가 있어서 왔는데."

"의뢰라고?"

드워프 중 한 명이 나이젤을 위아래로 훑어봤다. 딱 보기에 나이젤은 20대 중반의 평범한 여행자로 보였다.

"신분증은 있나?"

"여기."

나이젤은 드워프에게 노팅힐 영지의 백부장 증표를 보여 주었다.

드워프들은 다른 종족에 대해 개방적이었다.

다양한 종족들에게 무기나 방어구를 만들어 파니까.

하지만 드워프 마을에 들어가려면 신분이 보장되어야 했다.

아무나 막 받아 주다가 도난 사건이 생기는 경우가 있었기 때문이다.

"노팅힐 영지의 백부장이라고?"

드워프들은 놀란 표정을 지었다.

백부장이면 최소 기사라는 소리였으니까.

그 때문에 드워프들은 혼란에 빠졌다.

기사란 어떤 존재인가?

소드 오러를 사용하는 강자였다.

그런데 눈앞에 있는 청년은 아무리 봐도 기사만큼 강해 보이지 않았다.

하긴 그럴 수밖에.

나이젤의 현재 무력은 65였으니까.

소드 오러를 다루기 시작하는 기사들의 무력은 최소 80이었다.

하지만 증표는 거짓말을 하지 않는다. 그리고 드워프들의 머릿속에 노팅힐 영지가 어떤 곳인지 떠올랐다.

'아, 맞아. 다리안 영주가 다스리는 영지였지.'

속으로 납득한 드워프들은 나이젤을 바라봤다. 그러고 보니 어딘가 좀 냄새도 나는 것 같았고, 옷차림도 가죽 갑옷을 입고 있었지만 허름해 보였다.

도저히 기사나 백부장으로는 보이지 않는 행색이었다.

하지만 다리안 영주가 다스리는 노팅힐 영지의 기사라면 이해할 수 있었다.

"험험. 우리 마을에 온 것을 환영하오."

"천천히 둘러보고 의뢰가 있으면 그랜드 공방을 찾아가시오."

드워프들은 안쓰럽다는 표정으로 나이젤을 바라보며 말했다.

'뭐지? 왜 날 그런 눈으로 보는 거지?'

나이젤은 뭔가 찝찝해졌다.

하지만 뭐라 말을 할 수가 없었다.

그사이 드워프들은 정문을 열며 나이젤을 마을 안으로 들여
보내 주었다.

그리고 몇 마디를 덧붙였다.

"무슨 일이 생기면 이곳으로 와서 말하시오. 우리가 도와주리
다."

"그리고 공방에 가기 전에 여관부터 먼저 가시오. 실버크로스
여관을 추천하지. 거기 가서 주인장에게 쿠퍼가 추천해 주었다
고 말하면 도와줄 거요."

"……"

나이젤은 할 말을 잃었다.

굳이 용안으로 그들의 감정이나 마음을 확인하지 않아도 알
수 있었다.

보통 노팅힐 영지 출신이라고 하면 무능한 다리안 영주 때문
에 무시당하거나 업신여김을 당하는 경우가 많았다. 그런데 이
렇게 걱정해 주고 도와주겠다고 할 줄이야.

역시 평화롭고 온화한 종족다웠다.

"…감사하지."

도와주겠다는 사람에게 무슨 말을 더 하겠는가.

나이젤은 고맙다는 말 한마디만 하고 정문을 통과했다.

'노팅힐 영지에 대한 인식을 바꿔야겠어.'

무시당하지 않게 하는 것은 물론, 지금처럼 동정 받는 것도

아닌 누구나 우러러보고 동경하는 영지로 만들 것을 다짐했다.

"일단 여관부터 가자."

나이젤은 쿠퍼라는 경비병이 추천해 준 실버크로스 여관에 가기로 마음먹었다. 강에서 몸을 씻긴 했지만, 제대로 된 샤워를 하고 싶었으니까.

＊　　　　＊　　　　＊

드워프 마을의 여관은 실버크로스 한 곳뿐이었다.

애초에 수백 명 규모의 마을인 데다가 손님도 많지 않았기 때문이다.

그리고 실버크로스 여관 1층은 주점이었고, 2층부터 숙박을 위한 방들이 있었다.

"후. 이제 좀 살 것 같네."

나이젤은 쿠퍼의 이름을 대고 비교적 저렴하게 2층 방 중 하나를 빌렸다.

그 후 샤워를 하고 침대에 드러누워 피로를 풀고 있는 중이었다.

뀨. 뀨우우.

가슴팍에 늘어져 있는 까망이가 귀여운 울음소리를 냈다.

나이젤이 까망이의 머리를 부드럽게 쓰다듬고 있었기 때문이다.

느긋하게 침대에 누워서 귀여운 까망이의 머리나 배를 쓰다듬고 있으니 피로가 절로 풀리는 것 같았다.

그리고 침대에 누웠더니 일어나기가 싫었다.

영지 침대와는 비교가 안 될 정도로 푹신하고 편했으니까.

드워프의 기술력은 세계 제일이었다.

노팅힐 영주성의 시설들도 드워프제로 바꾸고 싶을 정도였다.

'조금만 쉬었다가 내려가야지.'

이미 나이젤은 1층 카운터에서 그랜드 공방에 대한 이야기를 들었다.

그들은 실버크로스 여관 주점의 단골이며 오늘 밤에 공방 명장들이 술을 마시러 온다고 했다.

이미 늦은 오후 시간이었기에 좀 쉬다가 저녁이 되면 1층 주점에서 그랜드 공방 드워프들을 만날 생각이었다.

그들과 함께 술을 마시며 이야기를 나누는 것도 나쁘지 않겠지.

그렇게 어느 정도 휴식을 취한 나이젤은 깨끗한 외출복을 입고 1층으로 내려왔다.

'많네.'

처음 왔을 때는 한산하던 1층 주점이 지금은 만석에 가까울 정도로 가득 차 있었다.

대부분 드워프들이었지만 다른 아인족들의 모습도 간혹 보였다.

그들을 대충 둘러본 나이젤은 1층 카운터에 있는 수염이 덥수룩한 드워프를 향해 다가갔다.

그러자 카운터에 있던 드워프는 만면에 싹싹한 미소를 지으며 말했다.

"오, 이제 깔끔해지셨구만. 우리 여관 시설은 어떠셨소?"

"편하더군."

일어나기 싫을 정도로.

"그보다 주인장. 그랜드 공방의 드워프들이 왔는지 알고 싶은데."

"아, 그들이라면 조금 전에 왔소. 저곳이오."

실버크로스 여관 주인은 손으로 구석을 가리켰다.

그곳에 드워프 네 명이 술과 고기를 먹고 있는 모습이 보였다.

"고맙군."

나이젤은 바로 몸을 돌리며 그랜드 공방의 드워프들을 향해 다가갔다.

이제 저들에게 노팅힐 영지의 성벽을 보수하는 일을 해 달라고 의뢰를 하면 된다.

지금까지 만나 본 드워프들은 게임이었을 때와 별 차이가 없었으며 온화한 성격과 순박한 인상에 정도 많아 보였다.

그러니 정당한 보수를 제시하면 분명 의뢰를 받아 줄 터.

그런데…….

'어?'

테이블에서 술과 고기를 뜯어 먹고 있는 드워프들을 본 나이젤은 놀란 표정을 지었다.

Chapter

7

하루 종일 망치질을 하고 맥주와 고기를 먹는 것을 낙으로 삼는 장인들.

그들은 트리플 킹덤에서 순한 양과도 같다. 평화롭고 온화하며 순박한 인상을 가지고 있었으니까.

그런데.

까득! 와드득!

콰지직!

나이젤의 눈앞에선 명장으로 보이는 드워프 네 명이 테이블 위에 있는 멧돼지 통구이를 와일드하게 뼈까지 씹어 먹고 있었다.

그뿐만이 아니다.

"건배!"

벌컥벌컥!

네 명이서 맥주잔을 부딪치더니, 옆에 있던 자기 몸통만 한 맥주 통을 들고 원샷을 하는 게 아닌가?

'미친.'

나이젤은 헛웃음이 나왔다.

드워프 장인들은 온화하고 순박한 양인 줄 알았는데 와일드하기 짝이 없었으니까.

[용안을 발동합니다.]

나이젤은 용의 눈으로 드워프들을 바라봤다.

그들에게서 주황색과 노란색이 어우러진 은은한 빛이 흘러나오고 있었다.

주황색과 노란색은 기쁘고 즐거운 상태를 뜻하며 나이젤에 대한 호감도도 보통이었다.

나쁘지 않은 상황.

나이젤은 그들에게 다가가 말을 걸었다.

"바쁜데 미안하지만 그랜드 공방의 장인들이지?"

그 말에 드워프들이 나이젤을 돌아봤다.

"그렇소만. 누구요?"

"노팅힐 영지군의 백부장 나이젤이다. 쿠퍼의 소개로 의뢰가 있어 왔다."

"백부장이라고?"

시끄럽게 떠들며 술과 고기를 뜯던 드워프들은 미심쩍은 표정을 지었다.

그도 그럴 게, 백부장이라고 하기에는 나이젤의 나이가 어려 보였으니까.

일반적으로 백부장은 30대가 많았다.

"당신이 백부장이라는 증거는 있소?"

"여기."

나이젤은 노팅힐 영지의 문장이 박힌 백부장 증표를 보여 주었다.

그제야 드워프들은 납득했다.

'그러고 보니 노팅힐 영지라고 했지?'

'다리안 영주가 다스리는 곳이니, 뭐.'

그랜드 공방의 드워프 장인들도 경비병들의 반응과 별반 다르지 않았다.

안쓰러운 얼굴로 나이젤을 바라보고 있었던 것이다. 노팅힐 영지가 여유가 있었다면 백부장이 저렇게 혼자 올 리 없었을 테니까.

"그랜드 공방장 울라프요. 이쪽은 에릭, 스벤, 베른하르트로 우리 공방의 명장들이지."

가장 나이가 많아 보이는 울라프의 소개에 드워프들은 차례대로 고개를 숙이며 인사를 건네 왔다.

"쿠퍼의 소개로 왔다고 했소? 그럼 이야기를 들어 보도록 하지."

그렇게 말한 울라프는 다른 드워프들을 바라봤다.

"뭣들 하고 있어? 어서 의자 안 빼 드리고."

울라프의 말에 그나마 네 명 중 가장 막내인 베른하르트가
의자를 뺐다.

"여기 앉으십시오."

다행히 그랜드 공방 드워프들은 와일드한 겉모습과 달리 호의
적이었다.

"그래서 무슨 의뢰요?"

울라프는 나이젤이 자리에 앉자 단도직입적으로 물었다.

"도시 외벽과 성벽 수리를 했으면 하는데."

"외벽 수리?"

드워프들은 눈을 동그랗게 떴다.

수리 자체는 그렇게 어려운 일은 아니었다.

다만 범위가 문제였다.

"기한은?"

"한 달."

"허."

드워프들에게서 탄식이 흘러나왔다.

한 달 안에 도시 외벽을 수리하라니.

"왜? 못 하나?"

"우리를 누구라고 생각하시오? 마음만 먹는다면 못 할 것도
없지."

"그럼그럼."

울라프의 말에 나머지 세 명은 고개를 끄덕이며 동조했다.

손이 많이 가고 시간도 촉박하지만 노팅힐 영지의 성채 도시
크기라면 수리를 하는 데 한 달이면 충분하다.

다만 그만큼 인원이 필요할 뿐.

"노팅힐 영지의 백부장이라고 들었소만 감당할 자신 있소?"

울라프는 넌지시 말을 건넸다.

무능하기로 유명한 다리안 영주의 노팅힐 영지가 자신들을 고용할 수 있겠느냐고.

노팅힐 영지와 윌버 영지, 그리고 우드빌 영지 일대에 다리안 영주의 소문은 썩 좋지 않았다.

그것은 샤이엔 광산 마을에서도 마찬가지.

"당연히."

하지만 나이젤은 눈 하나 깜짝하지 않았다.

드워프들을 고용해서 도시 외벽을 수리하는 데 돈이 많이 들거라는 사실은 이미 알고 있었다.

그럼에도 드워프들을 고용하기 위해 이곳에 왔다.

충분한 자금을 확보해 두었으니까.

'테오도르 덕분이지만.'

나이젤은 속으로 쓴웃음을 지었다.

황색단의 본거지를 털면서 예상치 못한 소득이 생겼다.

황색단 놈들이 숨기고 있던 금고를 발견했던 것이다.

금고에는 황색단이 운영하던 고급 주점 블랙 애플에서 나온 수익금과 프리츠 공작에게서 받은 걸로 추정되는 검은 돈이 있었다.

덕분에 노팅힐 영지의 재정이 조금 윤택해졌다.

문제는 그 돈을 외벽 수리에 쓰겠다고 하자 해리와 루크가 펄쩍 뛰었다.

왜 귀중한 돈을 벽에 처바르냐면서.

'어쩔 수 없지.'

첫 번째 에피소드 몬스터 플러드는 아크 대륙 각지에서 일어난다.

특히 첫 번째 웨이브는 각 영지 도시 근처에서 갑자기 나타나 공격해 오기 때문에 카오스 고블린 때처럼 토벌하러 갈 수도 없었다.

그저 사방에서 쳐들어오는 몬스터들을 방어해야 했다.

그 후 두 번째 웨이브 때부터 카오스 몬스터들은 아크 대륙 곳곳에 주둔지를 형성한다.

그때부터 몬스터들을 토벌하러 갈 수 있었다.

'그런데 대체 어디서 몬스터들이 나타는 걸까?'

땅에서 솟아오르는 건지, 아니면 던전에서 뛰쳐나오는 건지…….

트리플 킹덤 게임을 할 때도 몬스터들이 어디서 나타났는지 명확한 설명은 없었다.

그 때문에 트리플 킹덤 게임 유저들 사이에서 말이 많았지만 결국 알아내지 못했다.

'어쨌든 드워프들을 고용해야 돼.'

첫 번째 웨이브를 막아 내려면 도시 외벽의 보수와 보강은 필수였다.

하지만.

"노팅힐 영지에 대해서라면 우리도 잘 알고 있지. 미안한 말이지만 우리를 고용할 여유가 있는지 걱정스럽소."

"다리안 영주님이 좋은 분이란 건 알고 있지만 우리도 먹고살아야 하니 말이오."

울라프와 에릭은 미심쩍은 표정으로 나이젤을 바라봤다.

과연 노팅힐 영지에서 자신들을 고용하고 성벽 수리에 필요한 자금을 대 줄 수 있을지 의심스러웠다.

그만큼 다리안 영주의 무능함은 유명했으니까.

"그래서 무슨 말을 하고 싶은 거지?"

"계약 전에 우리에게 대금을 지불할 수 있다는 확신을 보여 줬으면 하오."

"확신? 무엇을?"

나이젤은 재밌다는 표정으로 울라프를 바라봤다.

자신의 말을 믿을 수 없으니 증거를 보여 달라는 소리였으니까.

그리고 대답은 베른하르트가 했다.

"레어 메탈인 아다만타이트라도 가져온다면 생각해 보겠소!"

레어 메탈, 아다만타이트.

강철을 능가하는 강도를 지닌 금속으로, 충격 흡수력이 좋다.

그래서 보통 방어구로 많이 쓰인다.

무기로 제작할 경우 내구성이 좋아지고 일반 철검과 비교가 되지 않을 정도로 예리한 칼날을 만들 수 있었다.

"아다만타이트라니. 막내야, 욕심이 과한 것 아니냐?"

네 명 중 가장 막내인 베른하르트의 말에 나머지 드워프들은 껄껄 웃었다.

아다만타이트는 꽤 귀중한 편에 속하는 금속이었다.

다른 영지에서도 쉽게 구할 수 없는 물건을 하물며 노팅힐 영지에서 구할 수 있을까?

사실상 드워프들은 나이젤의 의뢰를 완곡하게 거절한 것이었다.

"아다만타이트란 말이지?"

하지만 나이젤은 피식 웃어 보였다.

"까망아."

캉!

나이젤의 부름에 귀여운 까망이가 그림자 속에서 뛰어올라 어깨높이까지 올라왔다.

나이젤은 까망이의 턱을 손가락으로 간질이며 말했다.

"꺼내."

우우웅!

그 말에 드워프들이 앉아 있는 테이블 위에 검은 그림자 막이 생겨났다.

퉁!

이윽고 그림자 막 안에서 푸른빛이 밝게 빛나는 금속 주괴가 튀어나왔다.

"헉!"

"이, 이거 설마?"

그 모습을 본 드워프들의 눈이 화등잔만 하게 커졌다.

"자, 잠시 봐도 되겠소?"

울라프의 물음에 나이젤은 말없이 고개를 끄덕였다.

그러자 그들은 자기가 먼저 볼 거라면서 아다만타이트 주괴에 몰려들었다.

"이건 진품이군!"

"제련까지 깔끔한데요?"

"불순물을 이렇게까지 제거할 수 있다니."

"대체 어떻게……"

그들은 놀란 표정으로 아다만타이트 주괴를 살펴봤다.

나이젤이 아다만타이트를 가지고 있는 것도 놀라웠지만, 설마 이렇게까지 제련이 잘되어 있을 줄이야.

"으음."

울라프는 침음을 삼켰다.

나이젤이 아다만타이트를 가지고 있다는 사실은 의외였다.

하지만 손바닥 크기만 한 아다만타이트 주괴로는 살짝 부족한 감이 있었다.

"나이젤 경, 당신이 아다만타이트를 가지고 있다는 사실은 잘 알았습니다. 하지만 이것만으로는 부족합니다."

"아다만타이트만으로는 부족하다?"

"그렇습니다."

울라프의 말에 나이젤은 헛웃음을 지었다.

하지만 아다만타이트의 효과가 없는 건 아니었다.

울라프의 태도가 조금 더 공손해졌으니까.

이전에는 무능한 다리안 영주의 별 볼 일 없는 백부장급 기사였다면, 지금은 평범한 영지 수준은 된 모양이었다.

즉, 최소한의 손님 대우를 해 주기 시작했다는 소리였다.

"유니크 메탈 미스릴이라도 가져온다면 진지하게 검토해 보겠습니다."

이번에는 베른하르트보다 조금 더 손위 형인 스벤이 말했다.

"아무리 그래도 미스릴은 좀……."

"…거의 전설에 가까운 금속을 요구하는 건 너무하지 않느냐?"

스벤의 말에 울라프와 에릭이 핀잔을 주었다.

미스릴이라니?

비록 전설급에는 못 미치지만, 굉장히 희귀하고 귀중한 금속이었다.

아다만타이트라면 일반 평범한 영지에서 어렵더라도 구하지 못할 정도는 아니었다.

하지만 미스릴은 아니다.

적어도 후작가 이상 영지는 되어야 구할까 말까였다.

거기다 같은 부피를 가진 금보다 훨씬 더 비싼 금속이기도 했다.

"형님들 무슨 소리입니까. 그 정도는 돼야 우리도 먹고살죠. 우리가 무슨 땅 파서 먹고사는 것도 아니고."

아니, 엄밀히 말하면 땅 파서 먹고사는 거 맞는데.

목 밑까지 치고 올라온 말을 울라프는 애써 삼켰다.

"그러니까 미스릴 정도는 가져와 달라?"

"그렇습니다."

나이젤의 말에 스벤은 당당하게 고개를 끄덕였다.

"그럼 미스릴을 가져오면 의뢰를 받아 줄 건가?"

"수리뿐만이 아니라 보강도 해 드리겠습니다."

"외벽에 무기도 달아 주고?"

"아니, 그건 좀. 별도 요금을 내셔야 합니다, 손님."

아무리 그래도 외벽에 무기를 설치하는 것까지는 무리였는지 스벤은 정색했다.

그 말에 나이젤은 씩 미소를 지었다.

딜런이 봤다면 아마 말렸을 것이다.

나이젤이 항상 사고를 치기 전 짓던 검은 미소였으니까.

"그래? 그럼 이건 어때?"

나이젤은 까망이가 열어 놓은 검은 그림자 막 안에 손을 집어 넣었다.

"헛!"

그제야 드워프들은 놀란 표정을 지으며 눈치를 챘다.

가장 처음에도 나이젤이 아공간에서 아다만타이트를 꺼냈다는 사실을 말이다.

"아공간 수납 마법!"

"저 소환수가 가진 능력인가?"

아공간 수납 마법이 부여된 아티팩트는 보통 고위 귀족이나, 등급이 높은 헌터 및 용병들이 사용한다.

그런데 소환수로 보이는 존재가 아공간 수납 마법을 사용할 줄이야!

하지만 아직 놀라기에는 일렀다.

나이젤은 2성 히든 던전에서 얻은 전리품들을 하나하나 꺼내기 시작했다.

가장 먼저 아다만타이트 주괴가 하나씩 모습을 드러냈다.

"아, 아다만타이트 주괴가 다섯 개라고?"

그랜드 공방의 드워프들뿐만이 아니라 가게 안에 있던 모든 종족들이 나이젤이 있는 쪽을 바라봤다.

구하기 어렵다던 아다만타이트 주괴가 찬란한 푸른빛을 뿌리며 테이블 위에 질서 정연하게 놓여 있는 모습은 장관이 아닐 수 없었다.

그뿐만이 아니다.

화악!

아다만타이트보다 더 밝게 빛나는 은빛 금속이 모습을 드러냈다.

"설마, 진짜 미스릴?"

"지, 진짜다!"

"오오오!"

미스릴이 모습을 보이자 사방에서 감탄사가 터져 나왔다.

그랜드 공방의 드워프들은 놀란 표정으로 나이젤을 바라봤다.

설마 미스릴까지 가지고 있었을 줄이야!

하지만 아직 끝이 아니었다.

나이젤은 아공간 안에서 금빛이 찬란하게 빛나는 무언가를 꺼냈다.

"허억!"

그랜드 공방의 드워프들의 눈동자가 미친 듯이 요동치기 시작했다.

"이거 설마?"

울라프는 경악한 표정으로 나이젤을 바라봤다.

아다만타이트는 푸른빛의 레어 메탈이며, 미스릴은 은빛이 아름다운 유니크 메탈이었다.

그리고 이 세상에는 찬란한 금빛을 가진 레전드 메탈이 있다.

바로 전설의 금속, 오리하르콘이다.

"마, 말도 안 돼."

울라프를 비롯한 모든 드워프들은 몽롱한 눈빛으로 오리하르콘 주괴를 바라봤다.

그들은 알 수 있었다, 눈앞에서 찬란하게 빛나는 황금빛 금속이 다름 아닌 오리하르콘이라는 사실을.

드워프들은 감동한 표정으로 오리하르콘을 바라봤다.

"설마 내 생전에 전설의 금속을 보게 될 줄이야."

"정말 아름다운 광채구나."

찬란한 황금빛 광채에 매료된 드워프들은 벌어진 입을 다물지 못했다.

비록 손바닥만 한 크기였지만 어마어마한 가치를 가지고 있었으니까.

그 모습을 본 나이젤은 속으로 쓴웃음을 지었다.

'오리하르콘을 전부 다 꺼내면 기절하겠네.'

2성 히든 던전에서 나이젤은 아다만타이트 열 개, 미스릴 다섯 개, 오리하르콘 세 개를 얻었다.

그중에서 아다만타이트 다섯 개와 미스릴 한 개, 오리하르콘 한 개를 보여 줬다.

많은 눈들이 존재하는 주점 여관에서 가지고 있는 패를 전부 다 보여 주고 싶지 않았기 때문이다.

'엉뚱한 생각을 가지는 놈들이 나올지도 모르고.'

사실 오리하르콘까지 보여 준 건 좀 과하다고 생각했다.

하지만 필요한 일이었다.

'이제 슬슬 만나 봐야겠지.'

세계 최강의 용병단 크림슨 미드나이트의 단장, 라그나를.

애초에 능력치 한계 돌파를 한 후 만날 생각이었다.

그리고 게임대로라면 지금쯤 샤이엔 광산 근처 작은 도시에 있을 터였다.

현재 시기에 크림슨 미드나이트 용병단은 오리하르콘을 얻기 위해 혈안이 되어 있었으니까.

그런데 만약 샤이엔 광산 마을에서 오리하르콘을 가진 인물이 있다고 소문이 난다면?

당장 나이젤을 만나러 올 것이다.

'굳이 내가 찾으러 갈 필요가 없지.'

남은 건, 용병단과 협상을 하는 것뿐.

그마저도 나이젤에게 유리했다.

오리하르콘이라는 전가의 보도를 쥐고 있었으니까.

그리고 샤이엔 광산의 드워프들도 곁을 함께할 테니 아무리 막 나가는 용병단이라고 해도 함부로 손을 쓰진 못할 것이다.

용병단이 목숨보다 소중히 여기는 신뢰에 금이 갈지도 모르니까.

그 외에도 나이젤이 오리하르콘을 보여 준 이유가 하나 더 있었다.

"이렇게 정제가 잘되어 있는 오리하르콘 주괴는 처음 보는 것 같군."

"대체 어떤 방식으로 불순물을 제거한 거지?"

몽롱한 표정으로 오리하르콘을 보던 드워프들의 시선이 나이젤을 향했다.

오리하르콘은 아다만타이트나 미스릴보다 강도와 경도가 높은 금속이었다.

그 때문에 일반적인 방법으로는 제련할 수가 없으며, 오리하르콘을 가공할 수 있는 비밀 제련법이 필요하다.

오리하르콘 제련법은 극소수의 명장들이나 고위 연금술사들만 알고 있는 비밀이었다.

그런데 대체 어떻게 나이젤은 순도 100%의 순수한 오리하르콘 주괴를 가지고 있는 것일까?

오리하르콘 자체의 가치도 높지만, 비밀 제련법 또한 어마어마한 가치를 지니고 있었다.

그렇기에 드워프들은 초롱초롱 빛나는 눈으로 나이젤을 바라봤다.

그리고 그건 그랜드 공방 드워프들도 마찬가지였다. 나이젤은 울라프를 향해 입을 열었다.

"이 정도면 성벽에 무기 설치도 가능하겠나?"

"물론입니다! 최고급 품질로 해 드리겠습니다!"

오리하르콘의 효과는 굉장했다.

처음 만났을 때 그들은 나이젤을 불쌍한 눈빛으로 봤었는데,

지금은 빛의 속도로 태세 전환을 하고 반짝반짝 빛나는 눈으로 바라보고 있었다.

자본주의의 맛을 본 것이다.

또한, 오리하르콘뿐만이 아니라 비밀 제련법까지도 알고 싶을 터.

비록 오리하르콘 주괴는 완제품으로 얻은 것이지만, 나이젤은 비밀 제련법을 알고 있었다. 트리플 킹덤 게임을 하면서 알게 된 것이다.

비밀 제련법은 드워프들과 협상이 잘되지 않았을 때, 히든카드로 쓸 생각이었다.

그런데 설마 오리하르콘 주괴를 얻게 될 줄이야.

"자자, 이제 볼 만큼 보았으니 다들 물러나시오!"

"귀인을 방해하지 마시오!"

그랜드 공방 드워프들은 상황 정리에 들어갔다.

오리하르콘을 보려고 몰려드는 드워프들을 내치기 시작한 것이다.

그랜드 공방의 규모는 크진 않지만 실력 있는 장인들이 많아서 다른 공방에 제법 영향력이 컸다.

그래서 나이젤은 처음부터 그들과 먼저 접촉할 생각이었다.

마을 입구에서 쿠퍼의 소개가 없더라도 말이다.

"그럼 계약 사항에 관해서 구체적인 이야기를 해 보겠습니까?"

다른 드워프들을 물린 울라프는 나이젤을 바라보며 웃어 보였다.

드디어 본격적인 협상이 시작되었다.

                        *   *   *

　다음 날.

　그랜드 공방의 드워프들과 만난 나이젤은 계약 사항에 대해
어젯밤 늦게까지 이야기를 나누었다.

　이미 계약에 관한 구체적인 사항은 해리와 루크의 머리를 쥐
어짜서 미리 준비해 두었다.

　남은 건 나이젤이 드워프들과 협상을 하며 조율하는 일뿐이
었다.

　다행히 2성 히든 던전에서 얻은 미스릴과 오리하르콘 덕분에
별 탈 없이 유리하게 협상을 진행할 수 있었다.

　거기다 이제 오리하르콘 제련법이라는 패까지 손에 쥐었다.

　제련된 오리하르콘 주괴를 보여 주지 않았다면, 비밀 제련법을
알고 있다고 말해도 믿어 주지 않았을 것이다.

　하지만 오리하르콘 주괴를 보여 줌으로써 드워프들은 나이젤
이 비밀 제련법을 알고 있다고 믿었다.

　그 덕분에 나이젤은 유리하게 협상을 이끌었고, 만족할 만한
결과를 이룩해 냈다.

　'앞으로 5일.'

　도시 외벽 수리는 손이 많이 간다.

　그 때문에 올라프는 다른 공방에 도움을 요청했다.

　나이젤이 한 달 안에 외벽 수리를 끝내고 가능하면 무기까지
달아 달라고 했으니까.

보수는 아다만타이트, 미스릴, 오리하르콘과 황색단을 털면서 손에 넣은 검은돈으로 충당할 생각이었다.

남으면 남았지, 모자라지는 않을 것이다.

덕분에 나이젤은 샤이엔 광산 마을에서 드워프 쉰 명을 고용할 수 있었다.

남은 건, 드워프들이 준비가 끝날 때까지 기다리는 일뿐.

'용병단 녀석들은 그 전에 오겠지.'

빠르면 오늘이나 늦어도 내일은 오지 않을까.

이미 나이젤이 오리하르콘을 가지고 있다는 소문은 마을 전체에 소문이 다 나 있었다.

그 때문에 나이젤은 여관방에서 나가지 않고 푹 휴식을 취했다.

'일단 한동안 푹 쉬자.'

여관방 침대에 누운 나이젤은 까망이를 품에 안고 쓰다듬으며 다시 눈을 감았다.

*　　　*　　　*

다음 날.

어제 하루 종일 잠을 자면서 그동안 쌓인 피로를 푼 나이젤은 오후가 되자 여관을 나와서 그랜드 공방을 둘러보고 있었다.

모처럼 드워프 마을에 왔으니 필요한 장비들을 이것저것 구할 생각이었다.

'그랜드 공방에서 얻어야 할 게 있지.'

트리플 킹덤 게임 초반에 샤이엔 광산 드워프 마을에서 필수적으로 구해야 하는 장비가 하나 있었다.

나이젤은 그 장비도 손에 넣을 생각이었다.

그뿐만이 아니다.

'까망이 밥도 구해 줘야지.'

금속을 주면 까망이가 먹고 성장한다는 사실을 알아냈다.

드워프 마을에는 다양한 금속들이 많고, 무기나 방어구들도 있었다.

특히 그랜드 공방은 실력 있는 장인들이 모인 곳이라 품질이 더 좋았다. 그래서 서비스를 좀 받을 생각이었다.

'그나저나 생각보다 꽤 크네.'

이 세계에서 항상 느끼는 거지만 모니터 너머로 보던 걸 실제로 보니 감회가 새로웠다.

"저희 작업장은 어떻습니까?"

옆에서 나이젤을 안내하던 울라프가 자부심이 깃든 목소리로 말했다.

그 말에 나이젤은 작업장을 둘러봤다.

상당히 넓은 내부와 화로에서 내뿜는 열기 때문에 후덥지근했다.

그리고 벽에는 드워프들이 만든 것으로 보이는 무기와 방어구들이 화려하게 장식되어 있었다.

작업장을 구경하러 오는 사람들에게 보여 주기 위해 준비한 장식품이었다.

하지만 나이젤은 작업장에서 망치질을 하고 있는 드워프들을 바라봤다.

뜨거운 열기 때문에 땀을 흘리며 망치질을 하고 있는 드워프들의 얼굴에는 생기가 넘쳐흘렀다.

힘들지만 정말 좋아하는 일을 하고 있다는 사실을 알 수 있었다.

과연 자신도 저들처럼 좋아하는 일을 찾아서 할 수 있을까.

"활기차 보이는군."

"그렇습니까?"

나이젤의 대답에 울라프는 의미심장한 표정을 지었다.

보통 작업장을 둘러본 대부분의 인간들은 작업장이 어떠냐는 질문에 화려하다고 대답했다.

장인들이 제작한 무기와 방어구들을 작업장 벽에 보기 좋게 전시해 놓았으니까.

말 그대로 화려하게 보이도록 꾸며 놓은 장식품들이었다.

그런데 눈앞의 청년은 달랐다.

그는 이목을 끌기 쉽게 장식해 놓은 무기와 방어구가 아닌 작업장에서 망치질을 하고 있는 장인들에게서 눈을 떼지 못하고 있었다.

마치 부럽다는 듯이.

[그랜드 공방의 공방장, 울라프의 호감도가 10 상승합니다.]

[울라프의 호감도가 50을 돌파했습니다. 울라프가 당신에게 호감을 가집니다.]

'어?'

나이젤은 속으로 놀란 표정을 지었다.

활기차 보인다는 말 한마디에 호감도가 오를 줄은 몰랐기 때문이다.

그리고 지난번 오리하르콘을 보여 줬을 때 호감도가 급격히 올라 40이 되면서 자신에게 관심을 보인다고 메시지가 떠올랐었다.

그런데 설마 벌써 50을 돌파하고 자신에게 호감을 가지게 될 줄이야.

"저희 공방에는 어떤 일로 오셨습니까?"

"겸사겸사 구경도 하고 장비도 좀 구할까 해서."

그랜드 공방은 샤이엔 광산 마을에서 실력이 좋기로 유명한 곳이었다.

비록 나이젤이 노팅힐 영지에서는 고급품인 장검과 가죽 갑옷을 사용하고 있었지만, 드워프가 만든 장비에는 비할 바가 못 되었다.

그리고 아직 나이젤은 마도 전투 장갑복, 헤카톤케일을 착용하기에는 무력과 마력이 모자랐다.

또한 헤카톤케일은 쉽게 구할 수 있는 물건이 아니었다.

그러니 그 전에 쓰기 좋은 초반 방어구를 구할 생각이었다.

"그럼 이쪽에 있는 작품들은 어떻습니까?"

울라프는 나이젤을 작업장 벽으로 이끌었다.

과연 눈앞에 있는 청년은 '물건'을 보는 눈을 가지고 있을까?

그리고 만약 물건을 볼 줄 안다면.

'오리하르콘 비밀 제련법을 알고 있을 가능성이 높겠지.'

울라프는 미소를 지으며 작업장 벽에 걸린 '장식품'들을 나이젤에게 소개하기 시작했다.

"여기 이 불의 장검을 보십시오. 저희 공방 장인이 만든 걸작품으로 화염 공격이 가능합니다."

"걸작품이라……"

나이젤은 울라프가 내민 불의 장검을 바라봤다. 붉은 빛 도신이 아름답게 빛나는 화려한 장검이었다.

하지만 울라프는 모를 것이다.

나이젤이 이세계 플레이어의 칭호 효과로 게임 시스템 능력을 사용할 수 있다는 사실을 말이다.

[불의 장검.]
타입: 장검.
등급: 매직.
옵션: 화염 발산(D).
열전: 그랜드 공방의 장인 에릭이 만든 화염 속성을 가진 장검이다.
일반 장검보다 날카로우며 검신에서 뜨거운 열을 발산할 수 있다.
다만 내구도가 약하다.

'역시 드워프제 답네.'

겉으로는 아무렇지도 않은 척 불의 장검을 살펴본 나이젤은 내심 감탄했다.

트리플 킹덤을 한 덕분에 그랜드 공방 작업장에 있는 장비들이 장식품이라는 사실을 알고 있었다.

그럼에도 장식품이라고 생각할 수 없는 성능과 실용성을 갖추고 있었으며, 무엇보다 옵션으로 D급 화염 발산 스킬까지 붙어 있었다.

하지만 아무리 성능이 좋아 보여도 장식품의 한계를 벗어날 수 없는 법.

나이젤은 울라프를 바라보며 입꼬리를 치켜올렸다.

"이따위 장식품이 걸작품이라고?"

'역시.'

그랜드 공방장 울라프는 속으로 고개를 끄덕였다.

예상대로 눈앞의 청년은 '물건'을 보는 눈을 가지고 있는 모양이었다.

"역시 나이젤 백부장님께서는 작품을 알아보시는군요."

사실 어느 정도 예상은 하고 있었다.

미스릴뿐만이 아니라 오리하르콘 주괴를 가지고 있는 인물이었으니 범상치 않았으니까.

또한, 이걸로 확실해졌다.

푸른 눈을 날카롭게 빛내고 있는 노련한 인상의 금발 청년이 오리하르콘의 제련법을 알고 있을 것이다.

설마 이런 인물이 무능하다고 유명한 다리안 영주 밑에 있을 줄이야.

'잡아야 한다.'

그랜드 공방의 명장인 울라프는 직감했다.

어떻게든 눈앞에 있는 청년과 좋은 관계를 유지해야 한다고 말이다.

"날 시험한 건가?"

나이젤은 검은 미소를 지으며 울라프를 바라봤다.

고유 칭호 이세계 플레이어의 효과 덕분에 게임처럼 기본 정보들을 볼 수 있었다. 사람은 물론 장비들까지도.

그뿐만이 아니다.

용안으로 본 울라프의 감정색은 주황색과 노랑색이었다.

기쁨과 즐거움의 색상들.

즉, 울라프는 나이젤을 속일 생각이 없었다.

속이려고 했다면 검은색 감정의 오라가 피어올랐을 테니까.

그렇다면 남은 건 나이젤을 속이는 척하면서 시험을 한 것일 터.

"거기까지 알고 계셨습니까? 역시 나이젤 백부장님에게는 못 당하겠군요."

울라프는 너털웃음을 터트렸다.

설마 자신이 시험한 사실까지 눈치채고 있었을 줄이야.

"날 시험한 이유가 뭐지?"

"그저 나이젤 백부장님이 어떤 분인지 알고 싶었을 뿐입니다."

다른 일반인과 다를 바 없는 인물인지, 아닌지.

"불쾌하셨다면 사과드리겠습니다."

울라프는 허리를 숙여 보였다.

그 모습을 보며 나이젤은 속으로 웃었다.

이미 트리플 킹덤에서 드워프들의 성향과 울라프가 어떤 인물인지 잘 알고 있었다.

'내가 오리하르콘의 제련법을 알고 있는지 없는지 알고 싶은 거겠지.'

오리하르콘의 제련법은 아무나 알 수 있을 정도로 간단한 비밀이 아니다.

최소한 무구를 볼 줄 알아야 한다.

그리고 이제 울라프는 나이젤이 비밀 제련법을 알고 있을 확률이 높다고 생각할 터였다.

무구의 가치를 볼 줄 알았으니까.

'역시 수전노란 말이야.'

설마 이런 식으로 정보를 얻어 갈 줄이야.

물론 나이젤도 그냥 넘어갈 생각은 없었다.

"그럼 성의를 보여 줬으면 좋겠는데."

이유가 어찌 되었든 울라프는 동의 없이 나이젤을 시험했다.

무례한 행동이 아닐 수 없었다.

그걸 사과 한마디로 퉁치기에는 부족함이 있었다.

"물론입니다. 혹시 원하시는 물건이 있습니까?"

다시 허리를 꼿꼿하게 편 울라프는 호탕하게 웃으며 나이젤을 바라봤다.

상대가 나이젤이 아니었다면 그냥 사과 한마디만 하고 치웠을 것이다.

하지만 나이젤을 잡기 위해서라면 어느 정도 손해를 감수할 생각이었다.

그걸로 나이젤과 좋은 관계를 유지할 수 있다면 싼값이라고 생각했다.

나이젤의 요구를 듣기 전까지는.

"중력 코트."

"……!"

나이젤의 말에 울라프는 놀란 표정으로 눈을 치켜떴다.

중력 코트.

중력을 다루는 3성 보스 몬스터 발토르의 마정석과 가죽으로 만든 검은색 코트다.

그랜드 공방에서 명장 울라프와 장인급 드워프들이 달라붙어서 비교적 최근에 완성한 진짜 걸작품이었다.

그런데 대체 어떻게 중력 코트에 대해 알고 있는 것일까?

"나, 나이젤 님은 언제나 놀라운 분이시군요."

중력 코트라는 말에 몇 번이나 표정이 바뀌던 울라프는 이내 고개를 절레절레 흔들었다.

아다만타이트부터 시작해서 전설의 금속 오리하르콘을 가지고 있는 데다가, 도시 외벽 보수라는 큰 의뢰를 맡기고 중력 코트에 대해서까지 알고 있었다.

거기다 20대 초중반 정도로밖에 보이지 않는데 자신들이 만든 무구를 판별하는 눈까지 가지고 있을 줄이야.

대체 나이젤이 어떤 인물인지 울라프는 궁금증이 일었다.

[그랜드 공방의 공방장, 울라프의 호감도가 10 상승합니다.]
[울라프의 호감도가 60을 돌파했습니다. 울라프가 당신을 우호적으로 느낍니다.]

다시 한번 나이젤의 시야에 울라프의 호감도가 상승했다는 메시지가 떠올랐다.

'쉽네.'

나이젤은 속으로 피식 웃었다.

대장장이의 일을 하면서 단련된 근육과 작은 키 때문에 처음 보았을 때 바위 같다고 생각했다.

그런데 고작 말 몇 마디 나눴을 뿐인데 호감도가 이렇게 상승할 줄이야.

"알겠습니다. 나이젤 백부장님에게는 싸게 드리죠."

중력 코트는 장식품인 불의 장검과는 비교도 안 되는 방어구였다.

역시 공짜로는 안 되는 모양.

그래도 싸게 해 준다고 했으니 아다만타이트 주괴 하나면 충분할 것이다.

하지만 중력 코트 하나만으로는 아쉬운 감이 있었다.

"이건 서비스 안 되나?"

나이젤은 불의 장검을 들어 올렸다.

"그, 그건……."

울라프의 얼굴에 갈등의 빛이 떠올랐다.

비록 장식품이라고 해도 불의 장검은 무려 화염 스킬이 붙어 있는 무구였다.

내구도가 약하다는 단점이 있을 뿐, 어지간한 검보다 훨씬 더 좋은 무구였다.

서비스로 주기에는 과했다.

"알겠습니다. 불의 장검은 서비스로 드리도록 하지요."

하지만 울라프는 과감하게 불의 장검을 서비스로 넘겼다.

앞으로 나이젤과 좋은 관계를 유지하는 게 이득이라 판단한 것이다.

그리고 울라프는 나이젤이 불의 장검을 직접 쓸 거라 의심치 않았다.

화염 스킬이 붙은 장검은 희귀한 가치를 가지니까.

"까망아."

뀨!

나이젤은 그림자 속에서 까망이를 불렀다.

까망이는 나이젤의 주위를 폴짝폴짝 뛰어다니며 꼬리를 흔들었다.

그런 까망이의 입가에는 침이 흐르고 있었다.

그림자 속에서 나와 보니 먹음직스러운 금속들이 널려 있었으니까.

"이거 어떤 거 같니?"

나이젤은 부드러운 미소를 지으며 까망이에게 불의 장검을 내밀었다.

그 모습을 울라프는 의아한 표정으로 바라봤다.

'대체 뭘 하려는 거지?'

얼마 지나지 않아 울라프는 알게 되었다.

까득! 까드득!

여우 귀를 가진 댕댕이처럼 생긴 귀여운 까망이가 불의 장검을 씹어 먹기 시작했으니까.

"허어어억!"

지금까지 나이젤이 놀라운 말을 해도 어떻게든 표정 관리를 하던 울라프의 얼굴이 경악으로 물들었다.

처음 오리하르콘을 봤을 때처럼 입을 벌리고 믿기지 않는 표정을 지었다.

와득? 와득와득?

불의 장검을 이빨로 씹으며 까망이는 귀엽게 고개를 갸웃거렸다.

눈앞에 있는 드워프가 왜 저렇게 놀라고 있는지 알 수 없었으니까.

하지만 한 가지는 알 수 있었다.

맛있졍! 이거 맛있졍!

지금까지 먹어본 금속 중에서 가장 맛있었다.

까망이는 엉덩이를 신나게 흔들며 장검 하나를 게 눈 감추듯 먹어 치웠다.

"어억. 부, 불의 장검이⋯⋯."

그 모습을 본 울라프는 혼이 나간 표정을 지었다.

스킬 옵션이 없는 무구라면 모를까, 공격력이 높은 화염 스킬이 붙어 있는 불의 장검을 먹잇감으로 던져 주다니!

꺄훗!

처음으로 맛있는 식사를 한 까망이는 만족스러운 표정으로 귀여운 소리를 냈다.

[맛있는 음식을 먹은 까망이가 포만감을 느끼며 행복해합니다. 친

숙도가 5 상승합니다.]

[당신의 2성 소환수 까망이의 경험치가 올랐습니다.]

[나이트 하운드.]

이름: 까망이.

등급: 2성.

친숙도: 27.

경험치: 12%.

스킬: 상세 열람 참조.

나이젤은 까망이의 간략 정보 창을 확인했다.

불의 장검을 먹은 까망이의 친숙도와 경험치가 상당히 올랐다.

불의 장검 등급의 무구를 열 개 이상 먹이면 3성으로 성장할 수 있을 것 같았다.

'효율이 좋은데?'

나이젤은 이미 까망이에게 아다만타이트 주괴 한 개를 먹이로 주었다.

하지만 까망이는 이내 아다만타이트 주괴를 뱉어냈다.

평소처럼 이빨로 씹어 먹으려고 했다가 딱딱해서 내뱉은 것이다.

그래서 미스릴 주괴도 보류했다.

미스릴 또한 강도는 아다만타이트 급이었으니까.

그런데 불의 장검을 맛있게 먹을 줄이야.

'몇 개 좀 사 갈까?'

나이젤은 공방 작업장에 전시되어 있는 화려한 장식품들을 바라봤다.

까망이가 배고플 때마다 하나씩 던져 주면 좋아할 것 같았다.

"울라프, 아다만타이트 주괴 하나로 여기 있는 장식품들을 몇 개까지 살 수 있지?"

"예?"

그 말에 울라프는 멍한 표정으로 나이젤을 바라봤다.

그리고 깨달았다.

"서, 설마?"

여기 있는 장식품들을 소환수에게 먹일 작정인가!

"아, 안 됩니다!"

울라프는 저항했다.

비록 장식품이라고는 하나 그랜드 공방의 장인들이 심혈을 기울여 만든 작품들이었다.

실제로 사용하는 건 둘째 치더라도 벽에 거는 장식용도 아니고 소환수의 먹잇감으로 주려고 하다니!

"돼."

하지만 나이젤은 나직한 목소리로 말했다.

아다만타이트의 가치는 결코 작지 않다.

이곳에 있는 장식품들이라면 주괴 하나에 세 개 정도 가치를 가진다.

아다만타이트 주괴 한 개로 레어 등급의 무구를 만들 수 있으니까.

그리고 눈앞에 있는 드워프에게 자본주의의 맛을 더 보여 주면 넘어올 터.

나이젤은 울라프를 바라보며 어두운 미소를 지어 보였다.

*　　　　　*　　　　　*

[중력 코트.]

타입: 코트.

등급: 레어.

옵션: 중력 제어(C). 온도 조절(C). 자동 수복(C).

열전: 그랜드 공방의 명장과 장인들이 심혈을 기울여서 제작한 코트.

3성 보스 발토르의 가죽과 마정석으로 제작되었다.

그랜드 공방 장인들의 기술이 집중된 작품으로 강철 갑옷 이상의 방어력을 가졌으며 마력을 공급하면 자동 수복과 세탁이 가능하다.

'역시 초반 사기 템이라니까.'

나이젤은 만족스러운 미소를 지었다.

중력 코트는 불의 장검과 비교하기가 미안할 정도였다. 옵션만 해도 C급 스킬이 세 개나 되었으니까.

그뿐만이 아니라 가죽으로 만들어진 주제에 강철 갑옷을 능가하는 방어력을 가졌다.

무엇보다 나이젤의 마음에 드는 스킬이 있었다.

'온도 조절과 자동 수복이 된다니.'

이 세상에서 평화롭고 편안한 삶을 사는 게 나이젤의 목적이었다.

하지만 현대가 아니다 보니 불편한 점이 한두 가지가 아니었다.

그중 대표적으로 기온과 청결이었다. 현대라면 에어컨이나 난로가 있으니 시원하거나 따뜻하게 보낼 수 있고 간편하게 옷을 세탁할 수 있었다.

하지만 이 세계에서는 더울 땐 덥고 추울 땐 추웠다.

거기다 밖에서 노숙까지 하는 터라 씻는 건 고사하고 옷 세탁조차 마음대로 할 수 없었다.

그런데 온도 조절에 자동 수복이라니!

덕분에 언제 어디서든 상쾌한 기분으로 있을 수 있었다.

또한 디자인도 현대적인 감각에 가까웠고, 검은색 코트 위에 하얀 마법 화로가 은은하게 새겨져 있어서 세련되고 댄디한 느낌이었다.

'까망이한테 줄 먹이도 얻었고.'

뀨?

여관방 안에서 나이젤은 까망이의 머리를 쓰다듬었다.

그러자 까망이는 귀를 한껏 뒤로 눕히며 귀엽게 울었다.

하루 하나씩 울라프에게서 얻은 장식품을 줄 생각이었고, 현재 까망이의 경험치는 23%였다.

장식품 한 개에 대략 10% 안팎의 경험치가 오른 것이다.

이제 남은 건 울라프의 준비가 끝날 때까지 기다리는 일뿐.

그리고 그 전에 먼저 크림슨 미드나이트 용병단이 오겠지.

설령 나이젤이 기다리는 동안 만나지 못해도 상관없었다.

오리하르콘을 보여 주었을 때 나이젤은 자신의 정체를 말했으니까.

노팅힐 영지의 백부장이라고.

샤이엔 광산 마을에서 만나지 못하면 분명 노팅힐 영지로 찾아올 터였다.

'이제 기다리면 돼.'

나이젤은 여관방 바닥에 가부좌를 틀고 앉았다. 그리고 무영심법을 운용하며 무아지경에 빠져들기 시작했다.

* * *

다음 날 아침.

이제 내일이면 울라프가 약속한 마지막 날이었다.

그리고 지금 샤이엔 광산 드워프 마을에 손님들이 찾아왔다.

썩 반갑지는 않은 손님들이었다.

"노팅힐 영지의 나이젤은 어디 있느냐! 어서 나와라!"

마을 중심인 광장에서 쩌렁쩌렁한 목소리가 울려 퍼졌다.

그곳에 일련의 인간들이 있었다.

화려한 제복을 입은 인물과 오와 열을 맞춰 서 있는 서른 명의 병사들.

그리고 강철 갑옷을 입고 있는 아인족 기사까지.

'아니, 저 인간이 왜 여기 있지?'

나이젤은 광장에서 자신이 오기를 기다리고 있는 인물이 있다고 해서 왔다가 흠칫 놀랐다.

왜냐하면 그곳에 악귀처럼 일그러진 얼굴로 미소를 짓고 있는 월버 남작가의 장남 저스틴이 있었으니까.

"나이젤, 이 빌어먹을 놈아, 감히 우리 영지에 발을 들여놔? 발목을 분질러서 나가지 못하게 만들어 주마!"

Chapter

8

저스틴은 광장에 나타난 나이젤을 죽일 듯이 노려봤다.

나이젤 때문에 받았던 온갖 굴욕이 주마등처럼 스쳐 지나갔다.

월버 영지에 돌아와 보니 자신은 무능한 놈으로 낙인찍혀 있었다.

어렵게 영입한 귀중한 기사를 불구의 몸으로 만들었고, 아끼던 메이드까지 빼앗겼다고 소문이 나 있었으니까.

그것도 귀족들 사이에서 가장 무능하다고 유명한 다리안 영주에게 말이다.

그 원흉이 지금 눈앞에 있었다.

'건방진 놈. 그런 짓을 벌였으면서 감히 우리 영지에 발을 들여놔?'

저스틴은 이를 갈았다.

자신에게 온갖 굴욕감을 안겨 준 빌어먹을 놈이 대담하게도 윌버 영지 안에 들어왔다.

그뿐만이 아니다.

자신의 영지에 속해 있는 샤이엔 광산 마을 드워프들을 나이젤이 고용한다는 소리까지 들었다.

저스틴 입장에서는 분통이 터질 수밖에 없었다.

씹어 먹어도 시원찮을 놈이 귀중한 드워프들을 빼 가는 걸로밖에 보이지 않았으니까.

그래서 부랴부랴 기마병들을 이끌고 달려온 것이다.

"네놈은 이제 우리 영지 밖으로 나가지 못할 것이다. 지하 감옥에서 평생 썩게 만들어 줄 테니까."

내 분풀이로 삼아 주마.

저스틴은 지하 감옥에서 나이젤을 괴롭힐 생각을 하며 음흉한 미소를 지었다.

또한, 실제로 저스틴은 나이젤을 붙잡기 위해 기마병 서른 명과 실력자 한 명을 고용해 데려왔다.

윌버 영지에서 가장 강한 기사였던 월터와는 차원이 다른 강자였다.

이 정도 전력이라면 아무리 나이젤이 강하다고 해도 붙잡을 수 있을 터.

하지만…….

"저스틴 공자, 입이 비뚤어져도 말은 똑바로 합시다. 이곳이 왜 윌버 가문의 영지요? 그냥 중립지대지."

나이젤은 저스틴을 상대로 주눅 들지 않았다. 오히려 저스틴의 속을 뒤집는 말을 늘어놓았다.

그리고 나이젤의 말이 틀린 것도 아니었다.

샤이엔 광산의 드워프 마을은 노팅힐 영지와 월버 영지의 경계에 있는 이른바 회색 지대였다.

아주 조금 월버 영지 쪽에 치우쳐 있긴 했지만 그것만으로 소유권을 주장하기에는 부족한 감이 많았다.

그리고 광장에 모여 있던 드워프들도 나이젤의 말에 동의하며 고개를 끄덕였다. 그들도 자신들의 마을이 어느 영지에도 속하지 않은 중립지대라고 생각하고 있었으니까.

"닥쳐라! 감히 내 말에 토를 달아? 그리고 말까지 놓다니 미친 것이냐?"

저스틴은 분통을 터트리며 소리쳤다.

설마 남작가의 장남인 자신에게 평민인 나이젤이 말을 놓을 줄이야.

엄밀히 말하면 반존대였지만.

"나 이제 노팅힐 영지의 백부장이오. 말 좀 가려 하지?"

하지만 나이젤은 건들거리는 태도로 노팅힐 영지의 기사 증표를 보여 주며 저스틴의 속을 긁어 댔다.

이전에는 힘없는 십부장이었지만, 지금은 자신의 말 한마디에 영지군을 움직일 수 있는 위치에 올랐다.

자신을 따르는 부하들이나 다리안 영주를 위해서라도 저스틴에게 쩔쩔매고 싶지 않았다.

또한 저스틴은 다리안 영주와 같은 남작가의 자식이었다.

백부장급 영지군 지휘관이면, 같은 계급인 다른 귀족가 자식의 눈치를 보지 않아도 되었다.

서로 기본적인 예의를 지켜 주는 관계이기 때문이다.

사실상 동등한 관계라고 봐야 했다.

만약 저스틴의 가문이 다리안 영주보다 더 높은 남작가 이상이거나, 혹은 나이젤이 윌버 가문의 사병이었다면 이야기는 달라지겠지만.

그럴 경우에는 깍듯이 예의를 지켰을 것이다.

"이 미친 망나니 십부장 놈이!"

"백부장이라니까 그러네."

나이젤은 심드렁한 목소리로 대꾸했다. 지금 자신은 노팅힐 영지의 대표였다. 저스틴의 눈치를 볼 필요가 없었다.

거기다.

'전쟁을 할 배짱도 없지.'

아무리 저스틴이 다리안 영주를 우습게 봐도 쉽게 영지 전쟁을 일으키진 못한다.

가장 중요한 전쟁의 명분이 있어야 하고, 윌버 가문의 동의가 있어야 하니까.

하지만 지금 윌버 가문 내에서 저스틴의 입지는 많이 좁아진 상황이었다.

또한 전쟁을 일으킬 만큼 저스틴의 담은 크지 못했다.

고작해야 나이젤 한 명을 어찌해 보려고 수를 쓰는 정도일 뿐.

"저스틴 도련님에게 듣던 대로 오만방자한 놈이구나."

그때 저스틴 옆에 서 있던 인물이 앞으로 나섰다.

'이놈은······.'

나이젤은 저스틴 앞에 나선 사내를 바라봤다. 2미터에 가까운 훤칠한 키에 검은색 머리카락과 눈을 가진 30대 초반의 사내였다.

그리고 약간 통통한 체형이었으며 얼굴에는 탐욕의 빛이 가득했다.

'흑랑족인가.'

눈앞의 사내는 인간과 다를 바 없는 모습이었지만, 검은색 늑대 귀와 꼬리를 가진 아인족이었다.

[상태 창]
이름: 허스트.
등급: 영웅.
종족: 흑랑종.
나이: 32세.
타입: 무관.
직위: 자유 용병.
클래스: 버서커.
고유 능력: 포박(A).
무력(83/83), 통솔(72/76).
지력(70/70), 마력(80/80).
정치(28/28), 매력(12/12).

'허스트라고?'

눈앞에 있는 사내의 정보를 확인한 나이젤은 속으로 놀란 표정을 지었다.

자유 용병, 허스트.

노팅힐, 월버, 우드빌 가문 영지가 있는 슈테른 제국 동부 지역에서 활동 중인 상당한 실력을 가진 용병이다.

삼국지로 치면 반장 포지션의 인물.

연의에서 생포한 관우를 죽인 그 인물이 맞다.

트리플 킹덤에서도 허스트는 관우에 해당하는 인물인 발자크의 죽음에 지대한 공헌을 한다.

거기다 삼국지와 마찬가지로 포악하고 탐욕과 살인을 즐기는 인물로 나온다.

그 때문에 트리플 킹덤 팬덤에서 가장 많은 욕을 먹고 있는 무장이기도 했다.

"네놈에게 복수 위해서 내가 특별히 고용한 용병이다."

기가 살아난 저스틴은 의기양양한 표정으로 나이젤을 노려봤다.

월버 영지로 돌아온 후, 아버지인 트리스탄 월버 남작의 눈 밖에 나고 무능한 놈 취급을 받았다.

이 모든 원흉이 나이젤이었기에 저스틴은 복수를 꿈꿨다.

하지만 쉽지 않은 일이었다.

나이젤과 월터는 정당한 결투를 벌인 것이었고, 월버 영지에서 가장 강한 기사는 다름 아닌 월터였으니까.

월터보다 더 강한 인물이 필요했다.

그때 저스틴은 평소 월버 영지에서 자주 호위 임무를 맡겼던 용병을 떠올렸다.

그 인물이 바로 허스트였다.

그를 고용한 후, 조만간 노팅힐 영지에 들러 나이젤의 콧대를 눌러 주고 카테리나를 다시 데려올 계획을 세웠다.

그런데 설마 나이젤 쪽에서 혼자 윌버 영지 내로 뻔뻔히 들어올 줄이야!

"저스틴 도련님, 이놈을 어떻게 해 드릴까요?"

"일단 무릎부터 꿇려."

"예이."

허스트는 비열한 미소를 지으며 나이젤을 바라봤다.

산뜻해 보이는 스타일의 금발 머리카락과 건방져 보이는 푸른 눈의 청년.

비리비리한 몸을 가진 눈앞의 청년이 과연 어떻게 월터를 이겼는지 의심스러웠다.

'방심했겠지. 멍청한 놈.'

허스트는 속으로 월터에게 비웃음을 흘렸다.

월터에 대해서라면 잘 알고 있었다.

기사라고 뻐기며 다니던 재수 없는 놈이었다.

그래도 나름 실력이 있다고 생각했었는데, 설마 무능하기로 유명한 다리안 영주의 십부장에게 패할 줄이야.

'나는 실수하지 않는다.'

"방금 잘 들었겠지? 미안하지만 네놈 다리를 박살 내 주마."

허스트는 하얀 이를 드러내며 무기를 꺼냈다.

철그럭. 쿵.

특이하게도 긴 쇠사슬의 한쪽 끝에는 날카로운 가시 철퇴가 달려 있었고 반대쪽에는 작은 추가 달려 있었다.

이른바 사슬 가시 철퇴였다.

허스트는 가시 철퇴가 달린 부분에서 약 1미터쯤 간격을 둔 채 사슬을 잡고 빙글빙글 돌리기 시작했다.

붕붕!

빠르게 회전하는 철퇴에서 위협적인 바람 소리가 울려 퍼졌다.

쐐애액!

이윽고 원심력으로 돌던 가시 철퇴가 날카로운 파공성을 내며 나이젤의 다리를 향해 날아들었다.

쾅!

가시 철퇴는 나이젤이 있던 땅속으로 박혀 들어갔다.

"쥐새끼처럼 빠르구나!

허스트는 호쾌한 웃음을 터트리며 다시 가시 철퇴를 거둬들였다.

치솟아 오른 흙먼지가 가라앉자 광장 땅바닥에 자그마한 크레이터가 생겨나 있었다.

그저 가볍게 내던졌을 뿐인데 저 정도 위력이라니.

"무식하게 힘은 좋네."

나이젤은 혀를 찼다.

허스트는 월터보다 강했다.

무력 차이만 해도 3만큼 났다.

차이가 얼마 나지 않는 것처럼 보일진 모르겠지만, 80 이상일 경우 1 차이도 결코 적지 않았다.

당장 무력이 80이면 소드 익스퍼트 최하급이지만 다음 단계인 하급은 83이었으니까.

거기다 사슬 가시 철퇴라는 독특한 무기를 사용하는 데다가 사기적인 고유 능력을 가지고 있었다.

'포박이라.'

포박은 전쟁 시에 상대 무장을 생포하는 데 특화된 능력이며 등급 또한 A급이라 결코 낮지 않았다.

하지만.

'나한테는 안 통해.'

허스트의 첫 번째 공격은 위협적이긴 했지만 피하지 못할 정도로 빠르진 않았다.

옆으로 빠르게 도약하는 것만으로도 충분히 피할 수 있었으니까.

그뿐만이 아니다.

무영신법(無影迅法).

보법(步法), 질풍신보(疾風迅步)!

무영신법의 두 번째 걸음.

쾅!

지면에 금이 살짝 갈 정도로 강하게 박차며 나이젤은 허스트를 향해 질주했다.

"헛!"

나이젤이 빠르게 달려드는 모습을 본 허스트는 눈을 크게 떴다.

설마 반격해 올 줄이야!

하지만 나이젤을 저지할 찰나의 시간과 수단이 있었다.

"포박!"

슈슈숙!

가시 철퇴의 반대쪽에 달린 작은 추가 마치 살아 있는 뱀처럼 움직이며 나이젤을 향해 마주 날아들었다.

분명 나이젤을 쇠사슬로 묶으려는 거겠지.

찰나의 순간, 지그재그로 날아드는 쇠사슬의 불규칙한 움직임은 아무리 나이젤이라고 해도 파악하기 힘들었다.

그 때문에 상대 무장을 붙잡을 때 탁월한 능력을 발휘한다.

하지만.

[출력 10% 임팩트를 발동합니다.]

나이젤은 강철 건틀렛을 꽉 움켜쥐며 주먹을 맞부딪쳤다.

콰앙!

그러자 나이젤의 전방으로 충격파가 터져 나갔다.

고유 능력 임팩트를 보다 효율적으로 사용하기 위해 나이젤이 고안한 기술들 중 하나였다.

'굳이 게임 스킬이 아니더라도 기술을 사용할 수 있지.'

게임이 아니라 현실이었기에 가능한 기술이었다.

"헉!"

나이젤을 향해 날아가던 쇠사슬이 충격파에 밀려 힘을 잃고 땅에 떨어지자 허스트는 경악한 표정을 지었다.

그리고 재빨리 쇠사슬을 끌어당기려 했다.

하지만 그땐 이미 나이젤이 허스트 앞에 당도한 뒤였다.

"어금니 악물어라."

나이젤의 한마디와 함께 건틀렛이 허스트의 얼굴을 향해 날아들었다.

하지만 그때 허스트는 속으로 나이젤을 비웃었다.

'멍청한 놈! 바로 공격했어야지!'

소드 익스퍼트급 실력자들의 전투는 찰나와의 싸움이다.

그 때문에 나이젤이 한마디 하며 공격하는 짧은 틈만으로도 허스트는 충분히 방어 자세를 취할 수 있었다.

거기다 친절하게 어디를 공격할지 알려 주기까지 하다니!

만약 바로 달려들어서 공격했다면 속절없이 얻어맞았을 텐데 말이다.

'바로 반격해서 피떡으로 만들어 주마!'

허스트는 나이젤의 공격을 가드한 후 바로 반격할 계획을 세웠다.

적어도 지금 이때만큼은…….

퍼어어억!

"크아아아악!"

돌연 허스트는 고통에 찬 비명을 내질렀다.

얼굴을 막고 있는 팔이 아니라 왼쪽 다리에서 떨어져 나갈 것 같은 고통이 느껴졌기 때문이다.

무영투법(無影鬪法).

이식(二式), 무영선풍퇴(無影旋風腿).

나이젤의 한마디는 페이크였다.

건틀렛으로 얼굴을 칠 것처럼 하다가 허스트의 다리를 노리고 강렬한 로킥을 날린 것이다.

허스트는 몸을 휘청거리며 악에 받친 얼굴로 소리쳤다.

"야, 이 비겁한 놈아!"

"뭐? 왜? 페이크에 속은 놈이 멍청한 거지."

나이젤은 심드렁한 목소리로 말했다.

"이 빌어먹을 자식이!"

왼쪽 다리에서 느껴지는 통증 때문에 이를 악문 허스트는 사슬 철퇴를 꽉 움켜쥐었다.

하지만 그땐 이미 나이젤이 다음 공격 동작을 취하고 있었다.

무영투법(無影鬪法).

일식(一式), 파쇄붕권(破碎崩拳)!

콰앙!

"쿠웨엑!"

배 속을 파고드는 나이젤의 손길에 허스트는 속이 뒤집혔다.

그리고 수 미터가 넘게 허공을 날며 위액을 게워 냈다.

'생각보다 할 만한데?'

현재 나이젤의 무력은 68이었다.

드워프 마을에서 기다리며 틈틈이 검술 수련한 결과 무력을 3이나 올렸다.

확실히 용마지체가 되면서 성장 속도가 빨라진 것 같았다.

그럼에도 허스트와 무력 차이는 15.

일반적으로 생각하면 고전을 면치 못해야 정상이었다.

하지만 싸울 만했다.

다름 아닌 무공 스킬 덕분이었다.

하긴, 무력 80인 월터를 상대했을 때도 대등하게 싸웠었다.

마도 전투 장갑복인 헤카톤케일을 소환하기 전까지는.

하물며 지금은 그때보다 더 강해진 상황이었으며 용마지체 덕분인지 몸이 더할 나위 없이 가벼웠다.

"이 건방진 놈이!"

광장 바닥을 몇 바퀴 구른 허스트는 악귀처럼 일그러진 얼굴로 몸을 일으켰다.

결코 방심한 건 아니었다.

적당히 긴장을 유지하며 나이젤을 상대했다. 다만 나이젤의 행동이 허스트의 상식을 벗어났을 뿐.

애초에 허스트의 성격이 단순하다는 이유도 있긴 했다.

"퉤!"

입안에 남은 위액을 혀로 훑어 거칠게 내뱉은 허스트는 나이젤을 죽일 듯이 노려봤다.

우우웅!

'시작됐군.'

나이젤은 허스트가 사슬 가시 철퇴에 마나를 주입하는 모습을 보고 정신을 집중했다.

그래도 지금이라면 허스트를 충분히 상대할 수 있을 것 같았다.

아직 나이젤이 숨기고 있는 수는 많이 있었으니까.

"이것도 막을 수 있으면 막아 봐라!"

쐐애액!

허스트의 외침과 함께 공기를 가르는 날카로운 파공성과 함께 가시 철퇴가 날아왔다.

나이젤은 재빨리 유운보를 펼치며 우측으로 이동했다.

지금처럼 가시 철퇴를 던지며 공격할때는 움직임이 단조로웠다.

직선으로밖에 움직이지 않으니까.

그런데…….

획!

돌연 가시 철퇴가 나이젤이 움직인 방향으로 궤도를 바꾸는 게 아닌가?

마치 유도라도 되는 것처럼 가시 철퇴는 나이젤을 따라왔다.

그뿐만이 아니라 처음 공격 때와는 비교가 되지 않을 만큼 빨랐다.

피할 수 없었다.

그렇게 눈 깜짝할 사이에 허스트의 가시 철퇴가 나이젤의 지척까지 다가온 순간.

뀨!

귀여운 까망이의 울음소리가 우렁차게 울려 퍼졌다.

[당신의 소환수 까망이가 보호하기(E)를 발동합니다.]

그 직후 검은 막이 나이젤을 감쌌다.

까앙!

가시 철퇴와 검은 막이 충돌하며 굉음이 터져 나왔다.

그와 동시에 화려한 불꽃이 튀면서 가시 철퇴가 튕겨나갔다. 허스트의 공격이 수포로 돌아간 것이다.

하지만 허스트는 당황하지 않았다.

"포박!"

튕겨 나간 가시철퇴가 마치 살아 있는 뱀처럼 움직이며 검은 막째로 나이젤을 휘감으려 했다.

물론 나이젤도 가만히 당하고 있지 않았다.

무영검법(無影劍法).

영식(零式) 개(改).

발검(拔劍) 무명 베기(無明斬)!

슈아악!

날카로운 파공성과 함께 나이젤의 장검이 허공에 검은 궤적을 수놓으며 가시 철퇴를 향해 휘둘러졌다.

스각!

"……!"

이번만큼은 허스트의 얼굴에 경악이 번졌다. 가시 철퇴는 허스트의 오러로 조종됨과 동시에 보호받고 있었다.

그런데 나이젤의 장검이 철퇴에 달린 가시를 잘라 내고 흠집을 낸 것이다.

'역시 드워프제.'

나이젤은 만족스러운 미소를 지었다.

그랜드 공방에서 중력 코트뿐만이 아니라 무기와 건틀렛, 부츠까지 구했으며, 대금은 아다만타이트 주괴로 충당했다.

비록 돈이 좀 들긴 했지만 사길 잘했다는 생각이 들었다.

일반 장검이었으면 방금 전 일격으로 내구도가 심하게 깎여 나가면서 몇 번 휘둘러 보지 못하고 박살 났을 테니까.

"이 건방진 놈이 감히 내 철퇴에 흠집을 내?"

허스트는 이를 갈며 나이젤을 노려봤다. 가시 철퇴는 허스트의 특주품으로, 비싼 무기였다.

그런 무기에 상처가 났으니 화가 날 만했다.

"잠깐. 그 검, 드워프제인가?"

불현듯 든 생각에 허스트는 탐욕스러운 눈으로 나이젤의 장검을 노려봤다.

일반 무기로는 자신의 철퇴에 상처를 내지 못한다.

그럼에도 상처를 냈다는 말은 명검이라는 소리였다. 그것도 드워프가 제작한 명검일 테지.

"네놈의 무기는 내가 가져 주마."

허스트는 기분 나쁜 미소를 지었다.

그는 삼국지의 반장과 마찬가지로 탐욕심이 강한 인물이었다.

자신의 마음에 든 무구가 있으면 어떻게든 손에 넣어 왔다.

상대를 죽여서라도 말이다.

"쳐죽여 주마."

번쩍!

순간 허스트의 허리에 있는 검은색 벨트에서 빛이 터져 나왔다.

"역시 가지고 있었나?"

나이젤은 혀를 찼다.

마도전투장갑복 헤카톤케일.

포악한 성격으로 유명하지만, 그래도 허스트는 동부 지역에서 잘나가는 용병이었다. 덕분에 자기 전용 헤카톤케일을 가지고 있었다.

비록 벨트 타입의 양산품이었지만.

잠시 후 하얀 빛이 사그라지기 시작하면서 헤카톤케일을 장비한 허스트가 모습을 드러냈다.

"오오! 역시!"

그 모습을 본 저스틴의 얼굴이 활짝 펴졌다.

불과 조금 전까지만 해도 저스틴은 불안감으로 안색이 어두웠다.

비싼 거금을 들여 고용한 허스트가 나이젤에게 밀리는 모습을 보였기 때문이다.

현재 아버지의 눈 밖에 난 상황이라 가문의 돈을 쓸 수 없었다.

그래서 지금까지 모아 놓은 비상금으로도 모자라 상단에 거금까지 빌렸다.

그런데 만약 허스트가 진다면?

가문의 후계자 자리까지 위태로워질 수 있었다.

그러니 안색이 어두웠다.

하지만 오러 유저의 상징이라고 할 수 있는 헤카톤케일을 허스트가 꺼내들자 저스틴은 희망의 빛이 보였다.

"저놈을 짓밟아라!"

기가 살아난 저스틴은 희열에 찬 목소리로 소리쳤다.

월터보다 더 노련하고 실력이 좋은 허스트가 헤카톤케일까지 장착했다.

이제 남은 건, 나이젤을 응징하는 것뿐일 테지.

"찢어발겨 주마."

칠흑 같은 검은색 전신 풀 플레이트 아머를 장착한 허스트에게서 섬뜩한 목소리가 울려 퍼졌다.

쉭쉭!

헤카톤케일을 장착하기 전보다 훨씬 더 커진 가시 철퇴가 날카로운 소리를 내며 회전하기 시작했다.

슈아아악!

순간 가시 철퇴가 파공성을 내며 나이젤을 향해 쇄도해 왔다.

그뿐만이 아니라 가시 철퇴가 분열하듯 다섯 개로 늘어나는 게 아닌가.

가시 철퇴를 분열시키는 허스트의 기술이었다.

'스킬인가?'

자신을 향해 날아드는 거대한 가시 철퇴들의 모습에 나이젤은 유운보를 펼치며 재빠르게 옆으로 이동했다.

콰콰콰콰쾅!

그 직후 다섯 개 거대 가시 철퇴들이 나이젤이 있던 장소를 폭격하듯 두들겼다.

땅이 뒤흔들리는 충격과 함께 어마어마한 흙먼지가 치솟아 올랐다.

처음 공격을 했을 때보다 피해 범위가 몇 배나 더 컸다.

"그렇지! 바로 그거지!"

이제야 상황이 만족스러웠는지 저스틴은 즐거운 목소리로 소리쳤다.

촤르륵!

'이 정도로 죽진 않았겠지. 어디냐?'

다시 하나가 된 가시 철퇴를 거둬들이며 허스트는 치솟아 오른 흙먼지를 날카로운 붉은 눈으로 노려봤다.

언제 어디서 나이젤이 뛰어나올지 알 수 없었으니까.

팟!

순간 흙먼지가 채 가라앉기도 전에 정면에서 나이젤이 모습을 드러내며 달려들기 시작했다.

'정면에서 온다고?'

허스트는 헤카톤케일의 투구 안에서 불쾌한 듯 눈썹을 꿈틀거렸다.

"이 건방진 놈이 나를 뭘로 보고!"

측면에서 기습을 해 온다면 모를까, 설마 정면에서 달려들 줄이야!

"그렇게 죽고 싶다면 소원대로 해 주마!"

정면 공격이라면 허스트가 바라는 가장 이상적인 상황이다.

헤카톤케일을 착용한 자와 그렇지 못한 자의 차이가 얼마나 나는지 뼈저리게 알게 되겠지.

찔러 쳐 죽이는 심판의 가시 철퇴.

허스트의 필살 기술.

상대를 향해 날린 가시 철퇴가 사람보다 더 큰 직경 3미터가 되는 스킬.

거기다 쏟아지는 속도도 종래에 비해 몇 배나 더 빠르다.

그 때문에 상대는 정면으로 가시 철퇴에 찔림과 동시에 강타까지 당한다.

하물며 서로 뛰어오는 상태에서 충돌한다면 위력이 몇 배나 상승할 터.

콰아아아!

가시 철퇴를 크게 휘두른 허스트는 나이젤이 있는 정면으로 내쏘았다.

나이젤을 향해 쏜살같이 날아드는 가시 철퇴가 점점 커져 갔다.

이윽고 거대해진 가시 철퇴가 나이젤과 맞부딪치려는 찰나.

"……!"

검은 색 투구 안에서 허스트의 눈이 경악으로 부릅떠졌다.

허스트의 철퇴에 나이젤이 나가떨어지기를 기대하고 있던 저스틴도 마찬가지였다.

허스트가 날린 필살 기술이 어이없게도 나이젤을 그냥 통과해 버린 것이다.

그뿐만이 아니라 나이젤의 모습이 연기처럼 증발하며 사라져 버렸다.

"이 자식이!"

어이 없이 큰 기술을 허공으로 날린 허스트가 포효하며 가시 철퇴를 다시 거둬들이려 했다.

하지만 쉬운 일은 아니었다.

이미 발동된 심판의 가시 철퇴를 취소하고 다시 거둬들이는 건 힘든 일이었으니까.

그 틈을 나이젤이 놓칠 리 없었다.

스팟!

역시나 심판의 가시 철퇴 옆에서 흙먼지를 헤치며 검은 코트 자락을 흩날리는 나이젤이 모습을 드러냈다.

허스트는 직감했다.

지금 나타난 나이젤이 실체라고.

조금 전 나타난 나이젤은 실체가 아니라 분신이었다.

까망이가 2성급으로 성장하면서 개방한 스킬들 중 하나인 그림자 분신술을 사용한 것이다.

지금은 등급이 낮아서 분신을 하나밖에 만들지 못하고 지속 시간도 몇 초밖에 되지 않았다.

하지만 그것만으로도 충분했다.

허스트의 틈을 만들어 냈으니까.

그뿐만이 아니다.

펄럭!

나이젤의 등에서 용의 날개가 솟구쳐 올랐다.

"저건 뭐지?"

"날개인가?"

저스틴을 비롯한 월버 영지의 병사들이나 주변에 있던 드워프 들이 놀란 얼굴로 나이젤을 바라봤다.

하지만 아무도 용의 날개라는 사실을 눈치채지 못했다.

나이젤이 까망이의 그림자로 날개를 감싸고 있었기 때문이다.

덕분에 그림자로 이루어진 검은 날개처럼 보였다.

"스킬이구나!"

"날개 스킬이라니!"

여기저기서 감탄사가 터져 나왔다.

트리플 킹덤 세계에는 다양한 스킬들이 존재한다.

하지만 날개 스킬은 희귀한 편에 속하기에 좀처럼 볼 일이 없었다.

그래서 나이젤이 날개를 꺼내자 다들 놀란 것이다.

'날개 스킬이 아닌데.'

나이젤은 속으로 쓴웃음을 지었다.

용의 날개는 이를테면 나이젤의 몸이나 다름없었다.

용마 자체가 되면서 고유 능력으로 용의 특성을 가지게 된 것이다.

다만, 평소에는 날개를 감춰 둘 수 있으며 지금처럼 마음대로 꺼냈다가 넣을 수 있었다.

그리고 용의 날개를 꺼내서 유지할 수 있는 시간은 길지 않았다.

고작해야 3분 정도.

그러니 그 안에 결판을 지어야 한다.

가시 철퇴 옆에서 모습을 드러내고 날개를 꺼내기까지 걸린 시간은 고작해야 수 초.

나이젤은 자세를 낮추며 허스트를 향해 달려들려고 했다.

그때 허스트가 의기양양한 목소리로 소리쳤다.

"걸려들었구나! 포박!"

허스트는 고유 능력을 발동시켰다.

헤카톤케일을 착용한 상태였기 때문에 포박 또한 구속력이 이

전보다 몇 배는 높아져 있었다.

특히나 지금 나이젤은 가시 철퇴에서 불과 두세 발자국 떨어져 있는 상황.

파바박! 촤르르륵!

거대화한 철퇴에 달려 있는 가시가 쏘아졌다. 가시는 쇠사슬로 이어져 있었으며 마치 살아 있는 뱀처럼 나이젤을 옥죄기 위해 달려들었다.

자신을 향해 날아드는 사슬 가시들을 바라보며 이를 악문 나이젤은 비장의 수단을 발동했다.

[용익 스킬 가속(A)과 비행(A)을 발동합니다.]
[중력 코트 옵션 스킬 중력 제어(C)를 발동합니다.]

파앙!

짓쳐 드는 사슬 가시들을 뒤로한 나이젤은 엄청난 속도로 지면 위를 스치듯 날면서 허스트를 향해 쇄도했다.

철퇴에 달린 사슬 가시들이 나이젤을 뒤쫓았다.

하지만 그보다 더 빠르게 나이젤은 허스트를 향해 쇄도해 갔다.

경악한 표정을 짓고 있는 허스트.

결국 회심의 한 수였던 포박은 나이젤을 붙잡지 못했다.

이제 그 실패의 대가를 허스트는 치러야 한다.

[세컨드 어빌리티, 디스트럭션 임팩트 50% 한정 기동 승인!]

주먹을 꽉 움켜쥔 나이젤의 건틀렛에서 어마어마한 마력이 터져 나왔다. 그리고 순식간에 허스트의 눈앞에 당도한 나이젤은 건틀렛을 내질렀다.

무영투법(無影鬪法).

일식(一式), 파쇄붕권(破碎崩拳)!

콰앙!

달려드는 기세 그대로 디스트럭션 임팩트를 발동한 파쇄붕권이 허스트의 명치에 꽂혀 들어갔다.

"크헉!"

비록 양산품이라고 해도 헤카톤케일의 방어력은 일반 갑주와 비교할 수 없었다.

그럼에도 명치 부분은 눈에 보일 정도로 찌그러져 들어가 있었다.

그뿐만이 아니라 디스트럭션의 임팩트의 효과로 강력한 충격파가 헤카톤케일을 관통하며 내부를 진탕시켰다.

본래라면 사방으로 터져 나가야 할 충격파가 헤카톤케일 내부로 집중된 것이다.

그로 인해 지금 허스트의 몸은 사슬 가시들을 제어할 수 없을 정도로 망신창이가 되었다.

투두둑.

이윽고 힘을 잃은 사슬 가시들이 바닥에 떨어져 내렸으며.

"쿨럭!"

허스트는 투구 안에서 피를 토했다.

그리고 가쁜 숨을 몰아쉬며 거칠게 투구를 벗어 던졌다.

"네놈 이름이 뭐라고 했지?"

산발이 된 머리와 입가에 피를 흘리고 있었지만 허스트의 붉은 눈은 흉흉하게 빛나고 있었다.

"나이젤."

허스트의 물음에 나이젤은 짤막하게 답했다. 그러자 허스트는 이를 드러내며 웃었다.

"그래. 나이젤, 네놈의 승리다."

그 말을 끝으로 허스트의 눈에서 급속도로 빛이 사라지며 뒤로 쓰러졌다.

절명한 것이다.

'죽었다.'

나이젤은 주먹을 꽉 움켜쥐었다.

이 세계에서 처음으로 사람을 죽였다. 비록 아인족이었지만 나이젤에게 있어서 인간과 다를 바 없었다.

그리고 지금까지 수많은 몬스터들을 죽여 왔으나 사람을 죽인 건 처음이었다. 황색단 조직을 궤멸시켰을 때조차 살인은 하지 않았다.

하지만…….

'이미 각오한 일이다.'

트리플 킹덤은 전쟁이 만연한 세상.

직접적이든, 간접적이든 손에 피를 묻히지 않고 살아남는 건 불가능하다.

그렇기에 나이젤은 언젠가 자신의 손에 피를 묻힐 날이 올 거라는 걸 각오하고 있었다.

단지 그날이 오늘이었을 뿐이다.

'놈은 위험해.'

싸워 보니 알 수 있었다.

허스트의 성격은 트리플 킹덤 게임과 같았다.

게임 속에서 허스트는 탐욕스럽고 포악하며 자신의 욕망을 이루기 위해 수많은 생명들을 앗아 가는 인물로 나온다. 그것도 죽일 상대에게 억울한 누명까지 씌워서.

그래야 명분이 서니까.

아무 이유 없이 사람들을 죽였다가는 현상금 수배범이 될 뿐이었다.

그런 허스트의 비열함을 알고 있었기에 나이젤은 마음을 독하게 먹고 처단한 것이다.

"너, 너 이 자식! 감히 허스트를 죽였겠다!"

그때 분노에 찬 저스틴의 목소리가 들려왔다.

나이젤은 고개를 돌려 바라봤다.

붉어진 얼굴로 삿대질을 하고 있는 저스틴이 보였다.

저스틴 입장에서는 발등에 불이 떨어진 셈이었다.

거금을 들여 고용한 허스트가 이렇게 가 버릴 줄이야.

"가만 두지 않겠다!"

이렇게 된 이상 나이젤만이라도 처리해야 했다.

그래야 최소한 체면은 세울 수 있을 테니까.

"할 수 있으면 해 보든가."

검은 코트 자락을 바람에 휘날리며 나이젤은 무심한 눈으로 저스틴을 바라봤다.

몸 상태는 빈말이라도 좋지 않았다.

임팩트 출력 50%의 후유증으로 전신이 삐걱거리고 있었기 때문이다.

예전 같았으면 벌써 바닥에 쓰러져서 꼼짝도 하지 못했을 것이다.

하지만 지금까지 수련을 하고 용마지체가 된 덕분인지 버틸 만했다.

"이 건방진 망나니 놈이 아직도 정신을 못 차렸구나. 허스트를 죽인 대가는 네 몸으로 받아 내 주겠다!"

저스틴은 뱀 같은 눈으로 나이젤을 훑어봤다.

바로 지척에 허스트가 죽어 나자빠져 있었지만 신경 쓰지 않는 눈치였다.

사실 저스틴이 아까운 건 허스트가 아니었다.

허스트에게 투자한 돈이 아까웠고, 나이젤을 제압하지 못했다는 사실이 안타까울 뿐.

결과적으로 지금 나이젤을 제압해서 붙잡을 수 있으면 허스트가 죽었다는 사실은 중요하지 않았다.

어차피 허스트는 윌버 가문에 속한 가신이나 기사도 아니었고, 단순히 돈으로 고용된 떠돌이 용병이었으니까.

"제압해."

저스틴은 데리고 온 기마병 서른 명에게 손짓했다.

그러자 기마병들은 저마다 검을 뽑아 들며 나이젤을 향해 천천히 다가가기 시작했다.

그사이 나이젤은 호흡을 길게 내쉬며 몸을 추슬렀다.

임팩트를 사용한 직후였기에 몸 상태가 좋진 않았지만 가만히 앉아서 당할 생각은 없었다.

"끝까지 날 방해할 생각이면 각오하는 게 좋을 거다."

나이젤에게서 흉흉한 기세가 흘러나왔다.

바로 그때.

"저스틴 공자님, 이제 그만하십시오."

주변에서 구경하고 있던 드워프들 중 한 명이 앞으로 나섰다.

다름 아닌 그랜드 공방의 공방장인 울라프였다.

"뭐라고? 감히 드워프 주제에 나를 막는 것이냐!"

울라프가 나이젤의 앞을 막아서자 저스틴의 얼굴이 일그러졌다.

"결투는 끝났지 않습니까? 설마 다친 사람 한 명을 상대로 집단 폭행이라도 할 생각입니까?"

울라프는 나이젤과 허스트의 싸움을 결투라고 판단했다.

실제로 둘은 목숨을 걸고 싸웠고 그 결과 나이젤이 승리를 거머쥐었다.

그 과정에서 허스트가 사망했지만 어쩔 수 없는 일이었다.

결투 중에 불행한 일이 생기는 건 흔했고, 무엇보다 허스트는 헤카톤케일까지 꺼내 들면서 나이젤을 압박했다.

그 때문에 나이젤이 허스트를 죽였다는 사실에도 개의치 않았다. 서로 전력을 다해 싸운 결과였으니까.

오히려 헤카톤케일을 착용한 허스트를 쓰러뜨린 나이젤이 대단해 보였다.

"나이젤 백부장님은 저희의 중요한 고객입니다. 이 이상의 만행은 두고 보지 않겠습니다."

울라프의 말에 그랜드 공방의 드워프들이 하나둘 나타나 옆에 섰다.

그뿐만이 아니라 다른 드워프들도 나란히 서기 시작했다.

그 숫자는 대략 수십여 명.

"고, 공자님."

기마병대를 이끄는 대장이 긴장한 표정으로 저스틴을 돌아봤다.

눈앞에 있는 드워프들은 기마 병사들이 어떻게 할 수 있는 상대가 아니었다.

드워프 장인들은 대장간 일을 하면서 몸을 단련하기에 어지간한 병사보다 강하기 때문이다.

"이 빌어먹을 난쟁이 놈들이!"

저스틴은 이를 갈며 드워프들을 죽일 듯이 노려봤다.

다 된 밥에 재를 뿌려도 유분수지!

나이젤을 끝장내려는 찰나에 끼어들 줄이야!

하지만 어쩌겠는가.

기마병보다 더 많은 숫자의 드워프들이 앞을 가로막고 있었다.

그것도 각자가 휘황찬란하게 빛나는 드워프제 무기들을 들고 말이다.

그에 비해 기마병들이 치켜들고 있는 장검과 창은 어딘가 초라해 보였다.

"돌아…간다."

결국 사정없이 일그러진 얼굴로 저스틴은 씹듯이 말을 내뱉었다.

드워프들이 가세하면서 명백하게 불리해진 상황.

그뿐만이 아니다.

저스틴의 아버지인 트리스탄 윌버 남작은 샤이엔 광산 드워프 마을을 함부로 건드리지 말라고 늘 신신당부했다.

드워프들과 좋은 관계를 유지하고 무구들을 얻고 싶었으니까.

또한, 샤이엔 광산 마을 드워프들은 다른 귀족들이나 상단들과 거래를 하고 있었다.

그 때문에 사실상 드워프 마을들은 중립지대였다.

아무리 저스틴이라고 해도 드워프들에게 손을 댈 경우, 손모가지가 날아갈 수 있었다.

트리스탄 윌버 남작도 드워프들을 함부로 대할 수 없었다.

"다음에는 이렇게 끝날 거라 생각하지 마라."

마지막으로 저스틴은 나이젤을 노려보며 한마디 하는 걸 잊지 않았다. 그리고 휘하 기마병들과 함께 물러났다.

'누가 할 소리를.'

저스틴의 엄포에 나이젤은 속으로 비웃음을 지었다.

저스틴이 오체 무사히 물러날 수 있는 이유는 나이젤이 그냥 보내 주었기 때문이다.

'아직 때가 아니니까.'

이제 얼마 지나지 않으면 몬스터 플러드가 시작된다.

대규모로 발생하는 몬스터들로부터 노팅힐 영지를 지켜야 하는 상황에서 저스틴을 건드릴 수 없었다.

트리스탄 윌버 남작이 가만히 있지 않을 테니까.

분명 영지전을 걸어오겠지.

그래서 그냥 보내 주었다.

그리고 앞으로 몬스터 플러드가 시작되면 윌버 영지는 괴멸적인 타격을 입게 된다.

그때가 오면 자신에게 신경 쓸 여유도 없을 터.

거기다 저스틴은 허스트를 고용하기 위해 상단에 돈까지 빌렸다.

그런데 허스트가 사망하면서 돈만 날리게 되었고, 그 손해는 고스란히 윌버 남작가가 짊어져야 했다.

당연히 저스틴의 아버지인 트리스탄 윌버 남작에게 호된 꾸지람을 듣고 몬스터 플러드가 시작할 때까지 근신하게 될 것이다.

"도와줘서 고맙군."

나이젤은 자신의 앞을 막아선 울라프에게 살짝 고개를 숙이며 감사의 말을 전했다.

"별말씀을. 이제 나이젤 백부장님은 저희들의 큰손 아닙니까?"

울라프는 손사래를 치며 씩 웃어 보였다. 다른 드워프들도 마찬가지.

나이젤 덕분에 큰 건수가 생겼으니 좋은 일이었다.

거기다 보기 힘든 오리하르콘을 볼 수 있는 영광까지 얻었다.

드워프들 입장에서는 나쁘지 않았다.

'그래도 은혜를 입었으면 갚아야지.'

어렸을 때부터 할머니께서 가르쳐 온 말이었다.

나이젤은 자신을 도와준 드워프들을 바라보며 소리쳤다.

"좋아! 오늘 맥주는 내가 쏜다!"

잠시 후 마을 광장에서 드워프들의 환호성이 울려 퍼졌다.

*　　　　*　　　　*

그 무렵 노팅힐 영주성에는 급보가 날아들었다.

"우드빌 남작가에서 사절단이 오고 있다고? 왜?"

다리안 영주 집무실에서 해리와 루크의 보고를 받은 가리안 백부장이 의아한 표정으로 반문했다.

"저희도 모르겠습니다."

해리는 고개를 저었다.

"아니, 뜬금없이 무슨 사절단이지?"

가리안은 이해가 안 되는 표정을 지었다. 집무실에 있는 다리안 영주도 마찬가지였다.

지금 우드빌 남작가에서 사절단을 보내 올 이유가 없었으니까.

"나이젤 백부장에게 연락은 없었나?"

다리안 영주는 나이젤의 정보부터 물었다.

"네. 아직까진 없습니다."

"으음."

다리안 영주는 집무실 의자에 등을 기대며 침음성을 흘렸다.

나이젤이 영지를 나간 지도 일주일이 넘었다.

그동안 연락을 주고받지 못하니 답답했다.

이대로 나이젤이 영영 돌아오지 않을까 걱정이 되었기 때문이다.

"아, 참."

그때 다리안 영주의 물음에 답한 해리가 재차 입을 열었다.

"사절단 대표는 로건 경이라고 합니다."

"뭐? 로건 경이라고?"

해리의 말에 다리안 영주와 가리안은 놀란 표정을 지었다.

로건 바커스.

에드워드 우드빌 남작이 가장 아끼는 기사급 무장이다.

삼국지로 치면 장영에 해당하며, 실력은 가리안 백부장보다 조금 밑이지만 저돌적인 성격 때문에 상대하기 까다로운 인물이었다.

그런 인물이 사절단 대표라니!

"느낌이 영 좋진 않지만 일단 맞이해야겠군."

"예."

가리안 백부장의 우려 섞인 말에 해리는 고개를 끄덕였다.

하지만 그들은 모르고 있었다, 우드빌 남작이 보낸 사절단 중에 다니엘 크라이튼이라는 인물이 포함되어 있다는 사실을.

그는 우드빌 남작이 중용하지 않아 잘 알려지지 않았지만, 삼국지로 치면 태사자에 해당하는 인물이었다.

*　　　　　*　　　　　*

어두운 밤.

새까만 밤하늘에 아름답게 빛나는 하얀 보름달이 걸려 있다.

그 아래에 차가운 밤바람이 스쳐 지나가는 드넓은 초원이 펼쳐져 있었으며, 저 멀리 늘어서 있는 어두운 산과 숲이 보였다.

그리고 하얀 보름달과 발목 높이의 풀들로 뒤덮여 있는 초원 사이에 30대 초반의 사내가 서 있었다.

허리까지 내려오는 화려하게 불타오르는 듯한 붉은 장발과 조각처럼 잘생긴 얼굴을 가진 사내였다.

키는 180을 넘을 정도로 컸으며, 칠흑의 갑주를 착용하고 있었다.

그리고 지금 사내는 자신의 키보다 큰 거대한 할버드를 어깨에 걸치고 차가운 눈빛으로 전방을 노려보고 있는 중이었다.

그런 사내의 눈앞에는 수많은 몬스터들이 초원을 메우고 있었다.

쿵!

사내는 자신의 키보다 더 큰 할버드의 자루 끝을 지면에 내리꽂았다.

"주제도 모르는 놈들."

붉은 장발의 청년, 라그나 로드브로크는 미소를 지으며 앞을 바라봤다.

즐거운 전투가 기다리고 있었으니까.

4성급 일반 몬스터, 라이컨 슬로프.

수십 마리에 달하는 늑대인간들이 하얀 보름달 아래에서 붉은 눈을 빛내며 그를 노려보고 있었다.

크르르!

크허헝!

여기저기서 라이컨 슬로프들이 울부짖는 소리가 들려왔다.

라그나는 위험한 미소를 지으며 할버드, 미스틸테인을 들어 올렸다.

그리고 두 손으로 가볍게 미스틸테인을 빙글빙글 돌리다가 라이컨 슬로프들을 향해 겨눴다.

차갑게 웃고 있는 라그나의 푸른 눈에서 붉은 빛 귀기가 피어 올랐다.

쾅!

라그나는 지면을 박차며 가볍게 공중을 도약했다. 그리고 라이컨 슬로프 무리들 앞에 떨어져 내리며 미스틸테인을 내려쳤다.

콰아아아앙!

어마어마한 굉음과 함께 치솟아 오르는 돌 조각과 흙먼지들.

쩌저적!

급기야 지면에 작은 크레이터까지 생기며 금이 갔다.

커허헝!

라이컨 슬로프들은 미스틸테인을 내려칠 때 발생한 충격파에 우르르 튕겨져 나갔다.

그리고 일부 운 없는 녀석들은 지면에 생긴 금 사이로 떨어져 내리기도 했다.

하지만 진짜 시작은 이제부터였다.

미스틸테인을 고쳐 잡은 라그나는 라이컨 슬로프들을 향해 달려들었다.

푸른 눈에서 피어오르는 붉은 안광이 라이컨 슬로프들 사이를 누비고.

콰직! 스걱!

하얀 달빛 아래에서 미스틸테인의 도끼날이 번쩍일 때마다 섬뜩한 소리가 울려 퍼지며 라이컨 슬로프의 머리통이 초원 위를 날았다.

그가 라이컨 슬로프들을 전부 정리하는 데 걸린 시간은 불과 수 분.

얼마 지나지 않아 푸른 초원 위에는 라이컨 슬로프들의 시체들과 붉은 피로 강을 이루었다.

하지만 그의 몸에는 피 한 방울 묻어 있지 않았다.

"이제 만족하셨습니까, 라그나 단장?"

그때 라그나의 등 뒤에서 기척도 없이 검은 로브 같은 옷을 입은 청년이 모습을 드러냈다.

"아니, 부족해."

라그나는 불만족스러운 표정으로 라이컨 슬로프들을 바라보며 미스틸테인을 한 손으로 빙글빙글 돌렸다.

그는 전투광이었다.

겨우 수십 마리 정도의 라이컨 슬로프들로는 몸의 열기가 식지 않았다.

아니, 오히려 더 뜨거웠다.

"그건 유감이군요. 좋은 소식을 가져왔는데."

"좋은 소식?"

라그나는 미스틸테인 자루를 땅에 내려찍으며 고개를 뒤로 돌렸다.

그곳에 S급 용병단 크림슨 미드나이트의 부단장이자 군사인 아세라드 린드블룸이 있었다.

나이는 20대 후반으로 날카로운 인상의 청년으로 삼국지로 치면 여포를 보좌한 진궁에 해당하는 인물이었다.

"무슨 정보지?"

"오리하르콘 주괴를 가진 자를 찾았습니다."

"뭐?"

아세라드의 말에 라그나는 살짝 놀란 표정을 지었다. 오리하르콘 원석도 아니고 주괴를 가진 자를 찾았다니?

"드디어 찾은 건가? 누가 가지고 있지?"

"들어온 정보에 의하면 노팅힐 영지의 백부장이라고 합니다."

"노팅힐 영지라고?"

라그나는 믿기지 않는 표정을 지었다. 제국에서 가장 무능하기로 유명한 다리안 영주가 다스리는 영지라고 알려져 있었기 때문이다.

그런 영지의 백부장이 오리하르콘 주괴를 가지고 있다니?

"정확한 정보인가?"

"네."

의심스러운 라그나의 말에 아세라드는 고개를 끄덕이며 대답했다. 믿을 수 있는 정보통을 통해서 받았으니까.

"그럼 오리하르콘을 가지고 있다는 백부장은 어디 있나? 노팅힐 영지에 있나?"

"아니요. 샤이엔 광산 드워프 마을에 있다고 합니다."

"샤이엔 광산? 거기라면 여기서 멀지 않은데."

팔짱을 낀 라그나는 생각에 잠겼다.

오리하르콘이 필요한 이유는 그의 전용 헤카톤케일을 제작하기 위함이었다.

하지만 지금 용병단은 의뢰를 수행하고 있었다.

한 번 맡은 의뢰는 무조건 끝까지 완수해야 한다.

용병단은 신용이 중요하니까.

"인원을 둘로 나눌까?"

"아니요."

라그나의 말에 아세라드는 고개를 저었다.

크림슨 미드나이트 용병단은 소수 정예 집단이며, 지금 수행 중인 임무는 전원이 다 참가해야 했다.

"언제 백부장이 샤이엔 광산 마을에 있다고 정보가 들어왔지?"

"약 5일 전입니다."

"그럼 지금 샤이엔 광산 마을에 있는지 없는지 모르겠군."

"네. 가서 확인해야 합니다."

아세라드의 대답에 라그나는 잠시 생각에 생겼다.

그리고 이내 결단을 내렸다.

"아세라드, 단원들을 불러라. 최대한 빨리 임무를 완수하고 노팅힐 영지에 바로 가겠다."

"알겠습니다."

단장인 라그나의 말에 아세라드는 고개를 숙이며 답했다.

＊　　　　＊　　　　＊

다음 날 아침.

그랜드 공방을 비롯한 다른 공방에 속한 드워프들은 모든 준비를 마쳤다.

울라프가 끌어들인 드워프들은 약 쉰 명 정도.

수백 명밖에 되지 않는 드워프 마을에서 쉰 명이면 적지 않은 숫자였다.

거기다 약 한 달 넘게 출장을 해야 하는 상황인데도 말이다.

'결국 라그나와 만나지 못했네.'

하지만 분명 오리하르콘을 얻기 위해 자신을 찾아올 터.

그렇다면 노팅힐 영지로 올 확률이 높았다.

"그럼 모두 출발한다!"

드워프 마을 입구에서 울라프가 소리쳤다.

노팅힐 영지로 가는 여정은 비교적 순조로울 것이다.

드워프 장인들은 전사라고 해도 좋을 정도로 강하며, 쉰 명이나 되는 규모다 보니 어지간한 몬스터들은 덤벼들 엄두도 내지 못할 테니까.

잠시 후, 모든 준비를 마친 드워프들과 나이젤은 노팅힐 영지로 출발했다.

          *   *   *

그로부터 이틀 후.

노팅힐 영지에 반갑지 않은 손님이 찾아왔다.

오후가 되자 우드빌 남작가에서 출발했다던 사절단이 영주성에 도착한 것이다.

총 인원은 열 명 정도.

사절단 대표인 로건은 30대 초반 정도로 보이는 약간 통통한 체격에 수염을 기르고 있었으며, 우드빌 남작가에서 상급 무장 대우를 받는 인물이었다.

그리고 사절단은 로건을 필두로 무장들과 병사들로 이루어져 있었으며, 그중에는 하급 무장 대우를 받는 다니엘도 있었다.

미리 영주성 앞에 나와 있던 해리와 루크는 그들을 응접실로 안내했다.

응접실에는 다리안 영주와 가리안 백부장이 기다리고 있었다.

"오랜만입니다, 다리안 영주님."

정중한 말투와 다르게 로건은 거만한 눈빛으로 다리안 영주를 바라봤다.

그 때문에 다리안 영주를 제외한 인물들은 속으로 눈살을 찌푸렸다.

하지만 어쩔 수 없었다.

상대는 적어도 자신들보다 더 규모가 큰 영지의 상급 무장이었으니까.

거기다 로건은 우드빌 남작의 오른팔이기도 한 무장이었다.

"오느라 수고 많았네. 앉게."

응접실 쇼파에 자리를 잡고 앉은 다리안 영주와 로건은 서로를 마주 봤다.

다리안 영주 측에는 가리안 백부장을 시작으로 해리와 루크가 소파 뒤에 병풍처럼 섰고, 로건 측에도 중급 무장 두 명과 다니엘이 섰다.

그 외 나머지 사절단 병사들은 여장을 풀고 있었다.

가장 먼저 로건이 입꼬리를 말아 올리며 운을 뗐다.

"우리가 노팅힐 영지에 방문한 건 도움을 요청하기 위해서입니다."

"도움?"

"예. 최근 노팅힐 영지에서 뒷세계 조직들을 전멸시켰다고 들었습니다."

"그랬지."

"그리고 가장 큰 뒷세계 조직이 숨겨 둔 비자금을 얻은 걸로 알고 있는데, 맞습니까?"

로건은 의미심장한 눈으로 다리안 영주와 가리안 백부장을 바라봤다.

그 말에 해리와 루크는 침착한 반응을 보였다.

노팅힐 영지에서 황색단을 괴멸시킨 일은 비밀이 아니었다.

공공연하게 소문이 나서 모르는 사람이 없을 정도였다.

하지만 비자금은 아니었다.

황색단의 비자금을 발견한 나이젤은 바로 비밀에 붙이고 영지 발전을 위한 자금으로 쓸 생각이었다.

그리고 그 생각에 해리와 루크는 크게 기뻐했다.

가뜩이나 노팅힐 영지는 자금이 쪼들리고 있는 상황이었으니까.

그런데…….

"아니, 그걸 어떻게?"

다리안 영주와 가리안 백부장은 놀란 표정으로 로건을 바라봤다.

나이젤이 비자금은 비밀이라고 신신당부를 했건만 정치력 20밖에 되지 않는 다리안과 가리안은 속내를 감추지 못하고 드러내고 만 것이다.

"하하. 다 아는 수가 있지요."

알긴 개뿔이.

해리와 루크는 겉으로 내색하지 않았지만 속으로 이를 갈았다.

그리고 깨달았다.

영주성 내부에 첩자가 있다고.

황색단의 비자금에 대해 알고 있는 인물은 많지 않았다.

그럼에도 로건이 그 사실을 알고 있다는 건 영주성 내부에 첩자가 있다는 소리였다.

대체 누가 우드빌 남작에게 정보를 흘린 것일까?

"중요한 건 그게 아니라, 지금 우리 영지 형편이 좀 어렸습니다. 못 먹고 사는 어린 아이들이나 영지민들이 많지요. 해서 이번에 다리안 영주님이 얻게 된 비자금을 빌려주셨으면 합니다."

조금 전까지 거만한 눈으로 다리안 영주를 바라보던 로건은 슬픈 기색을 내비치고 있었다.

그 모습에 다리안 영주도 덩달아 침울한 얼굴로 반문했다.

"우드빌 영지가 그렇게 힘든 상황인가?"

"네. 이대로 가다간 굶어 죽는 영지민들이 나오지 않을까 영주님께서 걱정이 이만저만이 아니십니다."

'저, 저 빌어먹을 놈이!'

빛의 속도로 태세 전환을 하며 슬픈 표정을 짓고 있는 로건의 행태에 해리와 루크의 얼굴이 씰룩였다.

우드빌 영지가 먹고살기 힘들다고?

아무리 먹고살기 힘들어도 노팅힐 영지보다는 잘 먹고 잘살 것이다.

결국 참다못한 해리가 한마디 했다.

"죄송하지만 로건 경. 제가 알기로 우드빌 영지는 풍족하다고 알고 있습니다. 그런데 영지민들이 굶고 있다는 건……."

"뭐라고!"

쾅!

해리의 말을 중간에서 자르며 로건은 테이블을 내려쳤다.

"지금 내가 그럼 거짓말을 하고 있다는 말인가!"

험악하게 얼굴을 찡그린 로건은 기세를 거칠게 드러내며 해리를 노려봤다.

"아니, 그게 아니라……."

"아니긴 뭐가 아니야! 지금 오십부장 따위가 날 무시하는 거냐?"

로건이 서슬 퍼런 기세로 해리를 노려보며 소리치자 다리안 영주의 안색이 하얗게 질려 갔다.

'이럴 줄 알았으면 어머니를 부를걸.'

로건이 이렇게 나올 줄 몰랐던 루크는 아리아를 부르지 못한 게 못내 아쉬웠다.

지금 그녀는 성채 도시 외곽에서 빈민가의 아이들을 돌봐 주고 있었다.

그렇지 않아도 사절단이 온다는 소리에 그녀를 부르려고 했었지만 다리안 영주가 괜찮다며 막았다.

아직 몸도 안 좋고 아이들을 돌보고 있는 그녀를 부르지 않아도 자신과 가리안 백부장이 어떻게든 해 보겠다고.

그래서 믿었다.

다리안 영주가 무능하다고 소문이 난 건 거짓이고 실제로는 유능하다고 말이다.

그런데 설마 이런 사달이 날 줄이야.

어쩐지 해리가 아리아를 불러야 한다고 열변을 토한다 싶었다.

"감히 날 거짓말쟁이로 몰아? 다리안 영주님, 지금 이거 어떻게 해결 할 생각입니까?"

로건은 부리부리한 눈으로 다리안 영주를 옥박지르듯 노려봤다.

그 기세에 눌린 다리안 영주는 겨우 한마디만 내뱉었다.

"워, 원하는 게 뭔가?"

"황색단의 비자금 전부 다 내놓으십시오. 그럼 그냥 넘어가 드리겠습니다."

"뭐라고?"

비웃음이 걸린 로건의 말에 모두의 표정이 일그러졌다.

비자금을 빌려 달라는 것도 아니고 그냥 전부 다 내놓으라니.

날강도나 다름없었다.

하지만 지금 이게 노팅힐 영지의 위치였고, 다리안 영주가 다른 귀족들에게 어떤 취급을 받고 있는지 보여 주는 단적인 예시였다.

그리고 본색을 드러낸 로건의 억지 요구에 다리안 영주는 눈을 감고 소파에 몸을 기댔다.

어떻게 할까 생각에 잠긴 것이다.

잠시 후 다리안 영주가 입을 열었다.

*　　　　*　　　　*

'하. 개판이네.'

나이젤은 기가 막힌 표정을 지었다.

우드빌 남작가의 사절단이 도착한 후 얼마 지나지 않아 나이젤도 노팅힐 영지에 도착했다.

그리고 영주성에서 드워프들이 머무를 장소에 안내한 후, 사절단이 왔다는 이야기를 듣고 응접실로 가던 중 로건이 내지르는 고성이 들려왔다.

그래서 무슨 일인가 싶어 응접실 창문을 통해 내부를 조용히 살펴봤더니, 우드빌 영지에서 온 어떤 빌어먹을 놈이 깽판을 치고 있는 게 아닌가.

'역시 다리안 영주는 착하지만 소심한 게 문제야.'

마음씨 좋은 동네 아저씨 같은 다리안 영주.

착하고 소심한 성격 탓에 손해를 많이 보는 인물이었다.

그럼에도 그걸 어느 누구에게 말하지도 못하고 혼자 속으로 끙끙 앓는 타입이기도 했다.

그 때문에 다리안 영주를 만만하게 본 다른 영주 놈들이 가만히 놔두지 않고 괴롭혔다.

갑자기 사절단을 보내 돈을 뜯어내든가, 아니면 쓸 만한 무기나 방어구들을 온갖 이유로 강탈해 가든가.

그로 인해 결국 피해를 보는 건 다름 아닌 노팅힐 영지민들이었다.

하지만…….

'우리 다리안 영주님, 이제 자신감 좀 생기게 해 드려야겠네.'

샤이엔 광산 마을로 떠나기 전, 나이젤은 지휘 스킬을 배우기 위해 선행으로 찍어야 하는 자신감 증가 스킬을 배웠다.

그리고 나이젤은 소파에 앉아 눈을 감고 있는 다리안 영주에게 자신감 증가 스킬을 걸었다.

『게임 씹어먹는 엑스트라』 3권에 계속…